ドゥルス・グリューンバイン

尊《とうと》き御《み》霊《たま》に

三十三の墓碑銘

Den Teuren Toten

33 Epitaphe

縄田雄二 訳

Durs Grünbein : Den Teuren Toten. Epitaphe / Tagebuch der Japan-Reisen. Herausgegeben, ins Japanische übersetzt und mit einem Nachwort von Yûji NAWATA. Mit einer CD gelesen vom Autor. Tokyo : Chuo University Press 2004

n. f. n. s. n. c.

なぜかは知れぬ。故《ゆえ》は分からぬ。

ともかくも

　　　　みないつか

そっと

ずらかる。

　　　血管を膨らして

来たり

好むと好まざると

そこに居る。

　　　　少なからずは

子を生《な》さぬまま。

騒ぐ、欲しがる、

　　　　　　言葉を

静寂《しじま》に向かって投げつけては

意地悪に咎める、それなら良いだの

駄目だのと。

それも

骨壺がまた一つ満ち

虚しい空のもと弔辞が読み上げられるまでのこと。

Unklar weshalb, es ist so,
Wer weiß warum.
Sie alle
Machen sich aus dem Staub
Irgendwann.
Kommen an
Mit geschwollenen Adern
Gewollt oder ungewollt
Sind sie da,
bleiben
Nicht selten unfruchtbar,
Lärmen und suchen.
Sätze

Gegen die Stille schleudernd,
Mäkeln sie boshaft, so geht es,
So geht es nicht.

Bis eine weitere Urne voll ist,
Unter den leeren Himmeln
Ein Nachruf spricht.

ベルリン。死人《しびと》が十三週にわたって
テレビの前に坐していた。映像は流れ、
視線は傾く。ブラウン管では
料理の先生がコツを教えていた。
　　　　　　　　　　　　部屋には腐臭、
カーテンレースの内では何やら青白くきらめき
やがて骨が光った。
　　　　　　隣人は
口を噤んでいた。彼の姿を恐る恐る窺がっていたのだが。
みなとうに同じことを思っていたのだ――「臭った」。
　　　　　　　　　　　　　　　死人が十三週にわたって坐していた……
掛け値なしにすばらしい結末だ。
　　　　　　　　　　　　世紀末だ。

「手がかりは外れていたどぶ板です。」
何日捜索しても行方不明だった少女（一六）のことだ。
穴から暗渠にさかさに落ちた

顔はざっくりと割れ
どの写真にも似ない。骸《むくろ》の身元を明かしたのは
腕輪に刻んだ大文字のＣ。

「この目が最後に見たのは誰でしょう。」

祝う警察。今回のクロスワードパズルの答えは
「やすらかに」

雨季入り前、ダカール近郊のこと、
ヨーロッパに倦んだヨーロッパ人のエンジニアが、望みを絶って
まずは車を、次いで自らを、火に突っ込んだ。

市内から伸びる道路を縁取っていたのは、がらくたと、何キロにも並んだ平たい掘建小屋と。
湿っていたのは、見渡す限り犬の鼻だけ。
そうした、舗装せぬ埃っぽい道の片脇で

モーターが故障したのが、彼にとっては凶兆となった。何分かのち
この技師は霊能者に姿を変え
壊れた機械のくず鉄を透かしてアフリカの悪魔たちを見た。

交換部品が彼を自由な時間に戻すことも無く。

アムステルダムの映画館でのできごと。
ジェームズ・ボンド主演の最新作の封切り、
結末まぢか、

鉄砲、ブレーキ、爆発、絶叫のサウンドトラックがとどろくなか、命を落とし
たのは
仕事にいそしんでいた、街では知られた映画評論家。
スクリーンに役者の名が流れるなか、館内が明るくなってやっと、

平土間の席に座ったまま前にかがんで安らかに眠る彼の姿に
読者のひとりが気がついた。
心臓発作の筋書きを摸しての即興、目標到達。

使命は果した——007のようだ。

フィレンツェで最後の遊覧を済ませた観光バスのなか、
ヨーロッパを駆け抜ける大旅行の終点で、
中年の日本人が痙攣して倒れた。その唐突さからして
原因は食事と疑われた。ウニと饐《す》えたスパゲッティ。

目ん玉は飛び出て、額には冷や汗、
熱い電線に触れたかのように手は震える。
とめどもないうわごとは「ベルリン」……「パリ」……
「ストックホルム」……「マドリッド」。

数日してやっと診断が下った。学報に曰く、
カルチャーショックによる循環器系障害、と。
この日本から来た男は、日射病で倒れるかわりに、
珍しい「スタンダール症候群」（第三段階）で倒れたのだった。病因は

あまりに多くのエッフェル塔、ピエトロ大聖堂、プラド……[1]

汝、パック旅行のツーリストよ、汝がいずこの国人《くにびと》であろうとも
哀れな末路を辿ったこの日本人を忘るるなかれ。
パンフレットと観光ビデオを見るときは肝に銘ぜよ、

異郷からは二度と帰れぬかも知れぬ、と。

[1] エッフェル塔、ピエトロ大聖堂、プラドは、原文ではいずれも複数形で、皮肉を利かせている。

In einem Reisebus nach seiner letzten Rundfahrt durch Florenz
Am Ende einer Mammuttour quer durch Europa
Erlag ein älterer Japaner einem Krampf, so plötzlich
Daß der Verdacht aufs Essen fiel: Seeigel mit vergifteten
Spaghetti.

Die Augen waren ihm herausgequollen, kalter Schweiß
Stand auf der Stirn, die Hände zuckten wie an heißen Drähten,
Und immer lallte er . . . »Berlin« . . . »Paris« . . .
»Stockholm« . . . »Madrid«.

Erst Tage später stand die Diagnose fest. Ein Bulletin
Sprach vom Zusammenbruch des Kreislaufs durch
Kulturschock.
Wie andre einem Hitzeschlag erlag der Mann aus Japan
Dem seltenen *Stendhal-Syndrom* im dritten Grade, einer Folge

Der vielzuvielen Eiffeltürme, Petersdome, Prados . . .

O du, Tourist und Gruppenreisender, wo du auch herkommst,
Vergiß nie den Japaner, dem es schlimm erging. Bedenke
Wenn du Prospekte siehst und Urlaubsfilme

Daß du vielleicht nie wiederkehrst vom fremden Ort.

先の戦争が終わって四十年、
（遥かな異郷で行方不明となったまま）死亡と
人知れず宣告されたのは
ドレスデン出のＳ氏。最後の居所は不明

と報じた記事は匿名。幽霊じみた審議委員会は、
51年十二時を打つとともにＳ氏は死亡、
と、決定を下した。そのころにはすでに
　　　　　　　　　　　　　　　　Ｓ氏は
北極とサハラのあいだに灰と散り、
音も無く苔、羊歯《しだ》、砂、風、雨になり果てていた、と思われた。

されどなにゆえ匿名？　なにゆえ四十年後？
死亡地や死因を述べた言葉が無いのはなぜ？
追悼ならぬ決定とはいかに？

喪も跡取りも墓も無い。
塵を吸い込む[2]「時」よ、教えよ、Ｓ氏とは何者？

[2]「塵を吸い込む」の原語はStaubsauger, 電気掃除機の意の名詞。ここでは、Ｓ氏が塵と散ったことを受け、「塵を吸い込むもの」との原義をも生かしている。

ヘアドライヤーをぞんざいに使うと
事故につながる。ヘルガ・M夫人の場合は
死に至った。髪を乾かすとき、

なぜかの調べはまだつかぬが
いつもと違って風呂場を出なかった。
のみならず、風呂桶に半分たまった湯につかりながら、

天井の電球から落ちる弱い光のもと、危うさもわきまえず慌てて
コンセントの入ったドライヤーを使ったのだ。
そのときだ。
　　　　夫が発見したときにはこときれていた。
彼は泡を食ったまま警察に述べた。

「一緒になって十三年、あっという間でした」。

バルカン半島の墓石だったのか。みたまやの前に
立てた墓標だったのか。(ギリシャ語？　ラテン語？　ビザンチン語？)
名無しの権兵衛のための主《ぬし》無き墓が、黒海沿いのどこぞにあったのか。

青銅に浮き彫りしたのか。みかげ石に彫り込んだのか。大理石に刻んだのか。
薄気味悪い文句があったというのは本当か――「すぐ戻る」。
一体何語で。誰に向けて。

War es ein Grabstein auf dem Balkan, eine Tafel
Vor einem Mausoleum (Griechisch? Römisch? Byzantinisch?)
Ein Kenotaph für einen Niemand irgendwo am Schwarzen
Meer?

Stand da, Relief in Bronze, in Granit gehaun, graviert in
Marmor
Tatsächlich dieser ominöse Spruch *»Bin gleich zurück«*?
In welcher Sprache nur, für wen?

勤勉な人生を歩んだのち、闘病を経て
我等の父は逝った。進歩に向けて戦う闘士。
時代の証人。国家表彰労働者。センターフォワード。

三世代の蒸気機関車を運転し続けた功労者。
時代のトンネルのなかの輝く模範。
このトンネルから抜きんでるのは選ばれた少数のみである。

労働班「五月十一日」は、班長の死を、
党は、党員の死を、添い遂げた
同志の妻は、誠実な夫の死を、悼む。

確信しつつ
子孫一同

Nach schwerer Krankheit, einem arbeitsreichen Leben
Starb unser Vater, Kämpfer für den Fortschritt,
Zeitzeuge, Bestarbeiter, Mittelstürmer,

Verdienter Eisenbahner auf drei Dampf-Lok-Typen,
Leuchtendes Vorbild in den Tunneln der Geschichte
Aus denen aufzutauchen wenigen bestimmt war.

Um ihren Meister trauert die Brigade »Elfter Mai«,
Um den Genossen die Partei, um einen treuen Gatten
Die Kampfgefährtin die ihm lebenslang zur Seite stand.

In fester Zuversicht
Die Enkel.

元旦のシカゴ、嫉妬の発作に襲われ、生きる意志から解き放たれた女が
ペントハウスの寝室の窓から
身を投げた——

ほぼ五十階下の通りへと。

年越しの夜のてんやわんやのさなか、
たまさかの故障で、彼女の一番仲良しの女性と二人きりで
エレベーターに閉じ込められた彼氏、酔った勢いで

浮気し……たはずは無……くも無……　彼女は

くどくど仮定法をいじくりまわした挙句、思い切ったのだった。心理学者に言わせれば
「発作性狂暴」の犠牲。親友にとっては
うわさと悲劇が半々。彼氏には

死神の文法に従って事が運ばれたと見えた。死体は

狙ったかのように交差点の手前、左側車線に落ちていた。
緊急避難具の布がちぎれちぎれになったかの如き
ONLY という文字が上からはっきり読みとれた。

肉のかなしみは私を拉し去る。
脱我、粘液、皮膚という殻。
そのとき宇宙へと消え、脱臼し去り、霧散するものは、
かつては直立し、ほほえみ、かろやかに組み立てられて歩んでいたのだ。

私を待ち受けるものを、私はつとに他人《ひと》の身の上に見る。
腰が抜けるほど明らか……無に取って代わられる未来。
人生は儲けも損も残らぬ勝負事。しまいには
自分が死んだことすら記憶に残らぬ。

インスブルックの爺さんのおぞましい自害。
……動機は不明……
先週の木曜日、子供の無いこの寡男《やもお》が

クリーニング屋に勤める女たちの肝をつぶしたのは、
専門家の所見通り、孤独ゆえ、鬱性の女性嫌悪ゆえか。
爺さんがその朝行為に及んだ際の

凍りつくような落ち着きを見れば、
年の功では倒錯はほとんど妨げぬと知れる。しおれたバラの花束を抱いて
男は店にあらわれた。「おはよう」とまず声をかけ、心臓の薬を飲み下す

一杯の水を乞い、隣の部屋に
ひとりそっと消えたかと思いきや、頭を
プレス機のローラーの間に突っ込んだ。居合わせたひとりは

自動プレス機の軋みが聞こえたと述べた。
四壁をゆるがし三階までとどろきわたる軋みが。

オランダの女学生の心臓をとめたのは
刺すように冷たいシャンプーだった。
大根足をからかわれてばかりの

内気な金髪、級友に強いられて
コンテストに出た。アムステルダムの
とあるナイトクラブで、二十人あまりの娘が
はやされながら審査員のまなざしに身をさらした——わが胸こそは一番、と。

濡れたTシャツをまとって照明を浴びた姿はほとんどはだか、
シャンパンの泡をかけられ、胸を突き出し、男をむずつかせながら
からだをくねらせるのが一番うまかった彼女が

乳較《くら》べの一等賞に選ばれた。喝采を受けた乙女はしかし
二度と立ち上がれなかった。何たること。
救急車が来る前に、「ミス・スウィート・スウィート乳房《ティッツ》」の息は絶えていた。

下されたパリスの審判[3]は無気味——金杯は
半分は男根、半分はチューリップのなりをしたワイングラス、せめてもの見舞いとして
賞金とともに遺族に届けられた。

3　ヘラ、アテナ、アフロディテが美を競った際、トロイアの王子パリスが判定を下し、トロイ戦争の発端を作ったという話に基づく。

クリス（三歳）がお兄ちゃんのボブ（九歳）を
遊びながら撃ち殺した様子が、フィラデルフィア警察の
報告書に記録されている。
親が留守にした家を
這い這いしていた可愛いクリスは、
ソファーの下でお父さんの銃にゆきあたった――
パラベラム製の豪勢なしろもの。しばしの間、
坊やには周りのものが何も目に入らなくなった――ステレオセットも、
お菓子の入った棚も、壁にかかった大鹿も、
お城のついたテレビ棚のおもちゃも。

そして――武器を手に「大いなる自我」を演じたのだ。

尺取虫のような指十本で重く冷たい握りを握ったクリスは
コンピューターゲームさながら
部屋をあらたにBang！だのCrash！だのの言葉で満たすことに夢中。
そのときお兄ちゃんのボブが入ってきた。
「てをあげろ！」
クリスは呼ばわり、桃色のほほをほころばせ、
あわを食った顔めがけて引き金を引いた。
「疲れきっていたんです」と父親は供述した。「前の日に
銃の手入れをしながらビデオを見ていて寝入ってしまいました。
まさにアメリカがUFOに……」

Wie Chris (3 Jahre) seinen Bruder Bob (9 Jahre)
Im Spiel erschoß, vermerkt ein Polizeibericht
Aus Philadelphia.
Unterwegs auf allen vieren
Durch die verlassne Wohnung stieß der kleine Chris
Unter der Couch auf die Pistole seines Vaters, –
Ein Prachtstück, Marke Parabellum. Für ein Weilchen
Vergaß der Knabe alles ringsumher, den Hi-Fi-Turm,
Den Schrank mit Süßigkeiten, an der Wand den Elch,
Die Fernseh-Wundertruhe mit dem Kinderschloß . . .

Und spielte, spielte mit der Waffe *Großes Ich*.

Zehn Würmchenfinger um den schweren, kalten Griff
War er dabei das Zimmer neu zu buchstabieren
Wie im Computerspiel mit »Bang!« und »Crash!«
Da trat sein Bruder Bob herein,
»Hands up!«
Rief Chris, und über beide Pfirsichbäckchen grinsend,
Drückte er ab in das verstörte, staunende Gesicht.
»Ich war zu müde« gab der Vater an. Beim Reinigen
Der Waffe tags zuvor sei er vorm Video eingenickt
Gerade als Amerika von UFO's . . .

道無きに等しいウラル山脈のあなた、
何十年か前までは熊や山猫や狼が出たあたり、
マラリア蚊の産卵地、湿地を固め、

電気鋸で森を拓いて造った工業都市、
重点地域にエネルギーを供給する
共産党決定の国家計画にのっとり

(ソビエトの国力＋電気化＝共産主義、というレーニン方程式に従って)
活動家と筋金入りの青年共産同盟員とによって
伝説の計画年'28に記録的な速さで造成された

シベリア西部の英雄都市にて、
六十年ののち、人間悲劇が演じられた。

五人の坑夫が
五月一日、万国のプロレタリアにとっての
闘争日にして祝日に、未来を祝して乾杯した——

何本かの瓶メタノールで。
五人の男は
まず、目も眩《く》れてうわごとでスターリンの名を、
次いで、半ば気を失ってツァールの名を、しまいには

断末魔のなか、あらゆる聖者と神の名を、呼ばわった。
ほどなく、いかなる医者も手の施しようが無くなった。
組合と党で結成した委員会が事故は遺憾と表明した。

テキサス州コリント近郊の農場主が、電動のこぎりで
娘の弟をあやめた。再婚に際して迎えた
義理の息子は、生まれながらの

与太郎。おふくろが
色男の寡男に言い寄ったばかりに邪魔者にされ、
姉貴に近づこうとした。娘は親父の様子を窺い、

親父は息子の様子を窺い、
(おふくろは、パパのお気に入りの猫かぶりの娘を疑って様子を窺い、かたわら息子をびくつかせ、)
そして息子は姉貴の様子を窺って、

プールでの暴行に及んだ。監視カメラの
モニターには、数秒にわたって、
水着に手をかけつつ首に嚙りつく映像が流れた。

まるで「キング・コング」の一場面——

火を焚きつけるマッチのようなひとこま。
続いて水しぶきが上がり、静まり、波紋に消えた。

親父は息子を作業台に釘で磔にした。
おふくろは台所でラジオの音量を一杯にした。
娘は部屋に引きこもって手淫にふけった。

イスタンブールからカラカス、リオから上海に至るまで
港々の酒場でその肝の太さを知らぬものの無い
年経た船乗りが
遥かなるレイキャビクで一匹の鼠に命を取られた。
五十年の航海でも起こり得なかったことを
荒々しい一夜のあと、小鼠が成し遂げたのだ。

難破、いくさでの銃撃、フエゴ島前の
あらし、バレント海の湾に押し寄せた
巨大な流氷、くじらを追っての船の破損、
武器の密輸、船上ではやった赤痢——
なにごとも、彼の最後の港の
おそるべき鼠ほど、男を追いつめはしなかった。

幾度もくぐった危機同様、寝込みの隙を見せる油断は無かった。
猫のように玉の緒も九つ持ち合わせていた。そこに、
歯をむいて笑いつつ彼をみつめる、丸々太った
運命の白鼠があらわれた。飲み明かした朝、
彼の前で跳んだりはねたりしながら聞かせた、
身の毛もよだつ息音《いきね》の名は飲酒性譫妄、

波の花が咲くなか、舟歌が溶けてできた音。
とがった赤い鼻から出るかのような甲高い音は
いまわの叫び、老いたあたまのなかで
砕け散る波をわたってきたかのように響く、アルコールのリフレイン。鼠に見入り
どぎもを抜かれた彼は、しばし立ち尽くして
狂気の太平洋に沈んだ。

Von einer Maus getötet, kam im fernen Reykjavik
Ein alter Seemann um, der in den Hafenkneipen
Von Istanbul bis Caracas, von Rio bis Shanghai
Für seine Unerschrockenheit berühmt war.
Was fünfzig Jahre Seefahrt nicht vermochten,
Schaffte ein kleines Nagetier nach einer rauhen Nacht.

Nichts hatte ihn so an den Rand gebracht,
Kein Schiffbruch, kein Beschuß im Krieg, kein Sturm
Vor Feuerland, das schwere Treibeis in den Buchten
Der Barentsee, beim Walfang keine Havarie,
Weder der Waffenschmuggel noch an Bord die Ruhr
Wie diese fürchterliche Maus im letzten Hafen.

Wie viele Krisen hatte er nicht schon verschlafen.
Neun Leben wie die Katze hatte er gehabt, dann kam
An einem Morgen nach durchzechter Nacht
Sein Schicksal mit den Augen einer fetten weißen
Grinsenden Maus, die vor ihm auf und niedersprang.
Delirium tremens hieß das schaurige Gezisch,

Zu dem die Seemannslieder schmolzen in der Gischt:
Ein schrilles Piepsen wie aus spitzen rosa Schnauzen,
Ein Todesschrei, wie durch die Brandung der Refrain
Des Alkohols in einem alten Kopf. Im Schock erstarrt
Beim Anblick jener Maus stand er Minuten aufrecht
Bis er im Stillen Ozean der Psychose unterging.

宗教儀式は剣呑《けんのん》この上ない。キリスト教でも。
アフリカ南部発、ヨブの福音がこう教える。
スワジランドの河で洗礼を施していたら

黒人の男の子が溺れた。牧師の
言葉が終わりきらぬうちに、流れがさらった、
角々《かどかど》しい岩場を下流へと。村人は

何秒もたたぬうちに見失った。子供の頭は
メロンのよう、川中に押し流されたかと思うと
激しい渦に呑まれた。半ば信者、

半ば異教徒、両岸のあいだ、
濁った波間に消えてゆく。喘ぎつつも
鰐に秘蹟を授かるために。

インドネシアでは珍しくもないが、ロンボク島にて
大道商人が狂奔《アモク》で身をほろぼした。暑さにあてられ、
サーベルの牙をむく悪魔に憑かれての

にわかの乱心、この哀れな男は血の海に沈んだ。
飾り立てたマレー流の反《そ》り刀《がたな》を幾度も突き立てた
おのが胸と腹とは蛇が詰まった袋、

開いた傷からしまいにはらわたが飛び出した。声を失い
熱帯樹の根に絡めとられた男は
落ち入りつつもブリキ缶の鏡に照らして

おのれに見入った。この限りなく長い一瞬に彼は家系を遡り
どんじりに始祖としておのれがふたたび現れるのを
息絶えつつも見出した。

かつて海がこの地に吐き出した濁れる魂として。

ハンドルを握りつつ血を失して果てた男よ。
おそろしい事故が起こる前、お前は誰だったのか。時速二〇〇キロで
お前のベンツはお前もろともカーブを外れた。すべる道では
ひともとの木が命取り。石の溝へ。

お前を助け出すには電動のこぎりが要った。車は
お釈迦。お前のむくろが出てきたときの
たとえんかた無きおそろしさ。手足はばらばら、
一番しまいにようよう首、たまげた顔をして。[4]

[4] 作者は、この詩は古典的な墓碑銘に最も近い調子で書かれたものだと語ってくれた。古典形式の器にきわめて現代的な事件が盛られている齟齬を狙ったものである。

Wer, Mann am Steuer verblutet, bist du gewesen bevor
Dieser schreckliche Unfall geschah? Mit Tempo 200
Trug dein Mercedes dich aus der Kurve. Bei glatter Straße
Wurde ein Baum dir zum Schicksal, ein steiniger Graben.

Schneidbrenner brauchte es, dich zu befrein. Groß
War der Blechschaden, unermeßlich der Schrecken,
Als dein Körper zum Vorschein kam, einzeln die Glieder
Und ganz zuletzt erst dein Kopf mit dem verdutzten Gesicht.

人食い鮫が歯をむいて
はぐきの上まで見せることは
長らく醜さと攻撃性の象徴だった。

海水浴客やサーファーのみならず
ダイバーも心配するには及ばないと
海洋学者はくりかえし強調した。

こうしたこともすべて
カリブ海をわたるフィンランドの男には無益に近かった。
波が静かだったら

沖の珊瑚礁まで泳いでやろうという功名心は
抑えがたく、何も彼をとどめられない。青い魚の群れに
誘われて、彼は岸から遠ざかった。

果てに残った一点。
その点をめぐっては静かに背びれの渦が巻いていた。
湾曲線と双曲線の織りなす隊列、優美な幾何学。

そしてそのあと彼らは蔽われる。
来る年も来る年も。夏に、
冬に、緑が懸かる、

蔦の枝が、
樅と月桂樹で編んだ環《わ》が、
雪に埋もれた青白い高山すみれが。

時を違《たが》えず蔽われる。
まるで彼らがまだ凍えているかのように。
まだ耳が聞こえるかのように。海芋草《かいうそう》の耳が

開いたままにしてある。
その根茎は土に埋めた集音管……
彼らは蔽われる、花で、

蠟燭で、言葉で、それどころか
祈りで、蠅のように湧く組んだ両手で。

そしてそのあと彼らは片づけられる。
来る年も来る年も。夏に、
冬に、掃き出され

次の者たちのために場所を空ける。[5]
骨は取り戻され
されこうべは焼かれる。残るのは

灰、
じきに撒かれる。
名前と数の並んだ表は

間違った場所に立つ墓。

5　ドイツの墓地では「安息期限」なるものがあり、葬られて所定の年月が経ったら、場所を空けなければいけないのが普通である。

ベルギーの男が狩にゆく途中
忠犬に撃ち殺された様子を
ある新聞が「おかしな世の中」の題のもと報じている。

この男は最後は愛車のジープの
運転席にすわっていた。そのあと何が起こるかも知らずに。後部座席には
猟銃のわきに犬がすわっていた。やはり何も知らずに。

いつものように両者は同じ方を見ていた。
そこには森の木立が続いていた。――男は言葉少な、
彼の猟犬は舌を出して喘いでいた。蒸し暑かったのだ。夏。

男にとっての最後の夏。でこぼこの地面に驚いて
犬は座席から飛び上がり
引き金を引いて彼の御主人様を仕留めた。

嗚呼、穴ぼこが友情を重苦しく引き裂くことが
なかったら、ベルギーっ子の御両人は
今日もお出かけだったかもしれないのに。惜しいかな。

臆せり——特急の停まる、ローマのとある駅のロッカーに
生まれたばかりの赤子のなきがらが入っていた。
生後一週間足らず。へその緒のとれたあとも生々しく。

肌にしるした名前も乾かず
男か女かも見分けがたきうち
しっかりと荷造りされたのだ。

別の機械地獄[6]へ、別の光へ旅立つために。

6 「地獄」の原語は Limbo、カトリックの教えで、洗礼を受けぬまま死んだために天国に行けない幼な児などの霊が住まうところ。詩の舞台がローマであることと絡んで、ダンテの神曲が連想される。なお、詩の冒頭は、怖気づいて出頭してこない母親について述べたもの。

朝まだき、地下鉄の車中に、男が電線で
縊《くび》り殺されていた。耳からは音楽が洩れていた。
血まみれの革ジャンのどこかに忍ばせた

ウォークマンから。めった刺しにされた座席から
垂れていたのは坊主頭。座席には子供の手でフェルトペンで
「くそったれ！」

In einer U-Bahn, früh am Morgen, lag ein Toter
Erwürgt mit einem Draht. Aus seinen Ohren quoll
Musik aus einem *walkman* irgendwo im Innern

Der Lederjacke, blutverschmiert. Sein kahler Schädel
Hing über die zerstochne Sitzbank wo mit Filzstift
In Kinderschrift geschrieben stand »Du Arschloch!«

おのがからだの監視をまぬがれるために、かたくなすぎる脈や、
青い血管や、赤い耳を音で満たして居すわる
平板な息や、甲状腺腫や、

腹や、こめかみの傷あとや、二重《ふたえ》のあごや、赤い耳自体や、
手相の三角形だの毛だらけの腋だのにかいた汗の臭いから、
ひといきに逃れるために、

血も精液もひっくるめ、ありとある蛋白質を、段々腐らせるなど
くどいことは抜きで、ただの炭素に還元するために、

ウィーンの化学者が自爆した。あらかじめ血管を切開し、
試験管一本の臭素をあおり、
航空機用のガソリン一リットルを浴びるという手順も端折らず。

わが生ほど味気無く、わびしく、さびしい人生は
かつて無かったでしょう、と彼はつづった。
はなから
何もかもしくじったのです、何もかも。
音楽好きの夜会がはねたあと、神様がわが身を十二音階の歩みでお通り抜け遊ばされました。

書き置きにはさらに
ボルツマンの法則に従うフロイトを表す
弦楽四重奏曲の主題の音符がならんでいた。
アルノルト・シェーンベルクなるかたのお作とか。[7]

7　ボルツマン、フロイト、シェーンベルク（十二音技法で有名）は、ともにウィーンの人。ボルツマンについては跋文「匿名第十三番」を参照。なお、「こめかみの傷あと」の原語はSchläfennarbe。原書ではHasenscharteだが、作者と訳者との協議により、本書ではこう改める。

ラインヘッセンの自分の葡萄園(粘板岩、南斜面、ミュラー・トゥールガウ[8])で、
赤い三角帽を頭にのせたままドイツ人の農園主が往生した。
まもなく知れたところでは自害。

幾日もたって、おとなりのシェパードが地下室のくまぐまを嗅ぎまわった折、
さまよい失せた小男が、口にあわをふいて窒息しているのをみつけた。
房《ふさ》の碾き臼と、しぼりかすの圧搾機と、籠《かご》とに囲まれた樽のなかに、
胎児よろしく、からだを畳んでおさまって。

妻には失踪の原因が思い当たらなかった。
誰もがテレビを見る時間帯に、地方局で呼びかけてもらった。
「わが愛する夫よ、すぐに帰ってきて頂戴。

お好きな料理と、葡萄摘みと、あなたの妻が、待っているわ。」

呼びかけたときすでに成仏していた夫は、世間嫌いで通っていた。
憂鬱質で陰気ととるものもいた。同級生には粘液質で物静かと見えた。税務署のお役人は

胆汁質で怒りっぽいと言っていた。母親は
多血質で陽気、と譲らなかった。[9]
抱え込んだ借金については妻すら知らなかった。

[8] ラインヘッセンはドイツ西部のワインの産地、ミュラー・トゥールガウは品種の名。
[9] 以上、古代ギリシャの医師ヒポクラテスの類型説による。

この男は、人並みに闘技場の埃に沈んだのではない。
ナイル上流で生け捕られた見世物剣士ながら
誉れは充分に享けた。闘う力を彼から奪ったのは

パルティア人。粘り勝って
刀で頭蓋を、脳の兜を、かち割った。

生体に手術を施したのは
ペルガモンのガレノス。骨片を取り除き、明色の脳を
まっくろな鉢のなかに注意深くまっすぐに押し込めた。

しかし異教の神々は、眠りで彼を縛してもう放さない。
彼は深手に息絶えた。
ヒポクラテス以来のかの名医の療治も空しく。

Dieser da starb nicht im Staub der Arena wie seinesgleichen.
Wenn auch ein Gladiator nur, Kriegsbeute vom Oberen Nil,
Ward ihm doch Ehre genügend zuteil. Seine Kampfkraft

Verlor er an einen Parther, der ihm nach zähem Streit
Mit der Klinge die Hirnschale aufbrach, die schützende Hülle.

Galenos aus Pergamon war es, der ihn lebendigen Leibes
Operierte, die Knochenstücke entfernend, das helle Gehirn
In den pechschwarzen Schädel zurecht ihm drückend mit
Vorsicht.

Doch hielten ihn schon seine fremden Götter umfangen
Mit Schlaf. An der schweren Verletzung erlag er, vergeblich
Von jenem größten Heilarzt seit Hippokrates behandelt.

富を肉で築き美術品で飾った
オクラホマの億万長者は
最後の数瞬間を自由落下しながら味わった。
　　　　　　　　　いつの日かスカイダイビング
というのが彼のなによりの望みだった。八十《やそぢ》にして、
靴に翼をつけた若きギリシャの神[10]さながら、
所有するゴルフ場に舞い下りるのだ。
しかし当ては外れた。一千メートルの高さからの
処女降下、留め金が邪魔をして
背中の包みが開かなかった。
しめった粘土の塊のように地面にぶつかるまでの間、
どんなにかこの翁は天駆ける心持ちだったろう。

10　ヘルメスのこと。

生のための恐怖と死に至る驚愕とは
同じからず。魂消《たまげ》るときは
苦しむ肉も時間から姿を消す。
ひとりの子が

トリノの街外れの遊園地で
母親に付き添われてお化け屋敷の電車に乗っている最中、
息を引き取った。ドラキュラと

フランケンシュタインに打ちのめされたところに
土左衛門を見て、車のなかに反吐をついた。
曲がるところで骸骨が出た。
ほらあなからは首くくりがのぞいた。
血まみれの頭をした
小人の前で目を閉じた。
そこに狼男があらわれた。心臓発作。

呪《まじな》いで未知の病にかけられ
ニューギニアの密林に没したのは
旧学派の文化人類学者、G博士。自ら現地に張り付き

パプア湾で原住民に交じって
壮年期を過ごした。ライフワークは
言語と呪術の機能研究。

友人は彼の勇気を称え、「死ぬ定めと自分で分かっていたのです」
と述べた。部族間の争いで
仲介役を買って出たのも空しく
まもなく罠にはまったのであった。
地面に掘った穴に閉じ込めらた
この白人の人質は、呪詛の儀式で浴びせられる
呪《のろ》いの言葉を書き留め続けた。
子供に唾を吐きかけられつつ、七時間にわたって。

やがて熱を発し死の床に就いた彼のまなざしには
イグアナやトカゲが見せる、あの原始的な辛抱強さがこもっていた。
辞世は「ランガスータップ……ランガスータップ……」

An einer unbekannten Krankheit, durch Verhexung
Starb in den Dschungeln Neu-Guineas der Gelehrte G.,
Ein Ethnologe alter Schule. Immer selbst vor Ort,

Verbrachte er die besten Jahre unter Eingeborenen
Am Golf von Papua. Sein Lebenswerk
War eine Studie zur Funktion von Sprache und Magie.

»Er wußte, daß er todgeweiht war . . .«, sagten Freunde,
Die seinen Mut bewunderten. Bei einer Stammesfehde
Vergeblich als Vermittler zwischen den Rivalen,
Geriet er bald in einen Hinterhalt.
Als weiße Geisel
In einem Erdloch eingesperrt, bespuckt von Kindern,
Schrieb er die bösen Flüche mit, die man ihm zuschrie
Im Ritual des Schadenzaubers, sieben Stunden lang.

In seinem Blick, im Fieber später, auf dem Sterbebett
Lag diese Urgeduld der Leguane und der Echsen.
Sein letztes Wort war »Langgasutap . . . langgasutap . . .«.

北アイルランドの囚徒がある日こころみた
牢破りの首尾はかんばしくなかった。何年も
ひとの家に押し入った彼だが、このたびは
抜け出なければならなかったのだ……
芥《あくた》をほうり込む坑《あな》を
逃げ道にする血迷った目論見。
大きなごみ箱にこもり、黒いビニール袋に敷かれて
一夜を過ごした彼は、臭うなか、
獄《ひとや》住まいも、つれづれの日々も、妻も、子も、
忘れはてた。そこで気が遠くなった。
明くる朝《あした》、とっくに冷たくなっていた彼は、
自由への門出をした。
あとでごみに混じって
発見されたときには、死骸はすでにめちゃくちゃ。
輸送の際につぶされ、目は鴉がたかってつつき出した。
泥棒のなかに、あかはだかの泥棒がひとり。[11]

彼のように、ごみになり果てた者は幾たりもいた。
屑《くず》の山を終《つい》の住処《すみか》とした者も少なくなかった。胸郭は開き、
されこうべには雨水がたまって、四方《よも》は闇。

11 「鴉はほかの鴉の目はつつき出さない」（利害を同じくするものはかばい合う意）という諺にかけるとともに、鴉すなわち泥棒という見立ても用いている。

Nicht gut erging es einem Sträfling in Nordirland,
Der eines Tages einen Ausbruch wagte. Jahrelang
War er in fremde Häuser eingedrungen, diesmal
Galt es herauszukommen . . .
Sein verrückter Plan
Sah einen Fluchtweg durch den Müllschacht vor.
In einer Abfalltonne, unter schwarzen Plastiksäcken
Verbrachte er die Nacht, das Leben hinter Gittern
Vergessend im Gestank, die monotonen Wochen
Und Frau und Kind. Dann wurde er bewußtlos.
Und längst erkaltet trat er seine Reise an,
Am andern Morgen, in die Freiheit.
Seine Leiche
War schon entstellt als man sie später fand im Müll,
Zermalmt auf dem Transport, die Augen ausgehackt
Von Krähen, unter Dieben, splitternackt, ein Dieb.

Und mancher landete wie er im Müll, und mancher
Fand sich zuletzt auf einer Halde, offnen Brustkorbs,
Im Schädel Regenwasser, ringsum Nacht.

匿名第十三番

ここに集められた詩及び詩の断片は、編者である私が、ドレスデンの或る屋根裏に蔵せられた文書群のなかに見出し、古代人が墓に刻みこんだ石文《いしぶみ》に倣って墓碑銘《エピタフ》と名づけたものである。これらは、世界のさまざまな文化における死を書きとどめた一群の文学の抜粋にほかならない。選択の母体となった文書の束は、その後孫の世代から民俗学や人類学の道に進む者を出したある家族の持ち物であった。これらの文字は、或いは根気の要る現地調査をしながら旅先でしたためられ、或いは、旅を振り返りながら、多様をきわめた資料を分析したあとつづられたのであるが、創作の動機だけはつねに同じであった。

これらが短い carmina funebra（挽歌）の形式で書かれた自由韻律の詩であることは、薄汚れた脚注に

「凡人の没落についての報告。」

と確認されている通りである。二十世紀後半に書かれたこれらの作品は、学者たちの間でながらく愛されてきた、しろうと寸鉄詩《エピグラム》の伝統に従っている。もととなった詩形の祖は、碑銘の創始者、ギリシャ文学選集で彼を欠くものの無い、ケオス島のシモニデスだ。以来彼は、死者を悼む、遺された者たちの集団的無意識ならどこであろうと、亡霊として棲まっている。発見されたこれらの作が示すのは、文学的墓荒らしがいかに多かったか——その名前の列の長さはほとんどバロック的だ——の痕跡であるとともに、寸鉄詩《エピグラム》が初期の独特な二行詩からいかに遠ざかりうるかということである。

異様なほど文飾に乏しく、索漠とした事実関係の細部を追いつつことさら無愛想に書かれたこれらの文字は、何よりも書き手の無才を証している。死体公示所にずらりと並んだ屍《しかばね》の足元に立てられた、ボール紙の名札のようにわびしくこそあれ、詩の体をなしているものは稀だ。人生の知恵も、彼岸への信仰

も語りかけてはこない。これらの文字が棲んでいるのは、弔辞の年代記の世界ではなく、記録カード箱の世界なのである。

ローマ風の大文字で署名をしているのは、「匿名（Pseudonymus）第十三番」なる人物である。文書をひもとくならばただちに、彼が、時にはP13という略号のもとに書き込んでいるのを、そこここに見かける。隔絶した境涯で昔をも今をも一切区別をつけずに感じ取った、古代の注釈家の末裔と自分を見なすことを、彼は好んだようだ。

これらの飾らない詩が秘めているのは、事物に辛辣に相対する姿勢、ある時代の典型的な物を、距離をおいてながめる独特のまなざしである。事物は、彫塑品のように配されつつ、意地悪なオブジェや、静物画に類型として出される題材の役割も、同時に果している。マニエリスムの残忍な画家が描き込む小道具、というわけだ。作者は極度に切りつめた言葉でもろもろの状況を描いているが、電動のこぎり、ヘアドライヤー、テレビ等々は、これらの状況の証拠物となっており、従って、歴史のどの時点と正確に限定できる、あれやこれやの物質界（たとえばスターリングラード以後の世界、冷戦下のヨーロッパ、電化製品時代のアメリカ）の象徴となっている。

こうしたところから、P13を、ザクセンのさまざまな詩の流派のどこかに紛れて正体を隠している詩人の筆名ととる者もいる。研究者自身と見る者もいる。読んでいると、P13が古代ローマの名高い略文を持ち出しているのに、一度ならずぶつかる。

n. f. n. s. n. c.

“Non fui non sum non curo”、物質主義を奉ずる懐疑主義者で心をくすぐられない者は無い文句だ。「我、かつて有らず、今も有らず、かかることに拘《かかず》らわず」。彼は、この旗印のもと、おのれの生を、ふたつの永遠のあいだの過渡期、はかなく忘れられるべき間奏、と見なしていたと推測される。

こうして、遺稿を読む者は、死の研究者のなかからゆくりなく詩人があらわれ、逆に、詩人が収集家兼注釈家のなかに姿を隠すさまを、驚きとともに認めるのだ。死という対象から、ついにはライフワーク（Lebenswerk）が生まれたことについては詳しく言うまい。断片として遺された、現代ヨーロッパ文明における墓碑銘の消滅についての研究は隠れもない。

かつて、死者をたたえるために、石板や墓標、石碑や石棺の壁に銘として彫《え》りつけた言葉にあたるものは、今日では、素っ気無く結果を伝える新聞のちっぽけな記事に埋もれた。ここに文芸欄の死亡広告、かしこに大衆紙の狭い段に押し込めた血なまぐさい報道——すり減って現代に残っているのは、こうしたキリスト教的な形に過ぎない。実現したのは、すでに中世において、死ぬ定めにある人間について予言されたことである。「肉は炎の残す灰の如く消ゆ。魂は風に散る。誰かわれらの名を憶《おも》わん」。

詩の作者が生涯取り組んだのは、この衰退の問題にほかならない。彼は、古代の地中海世界がもたらした、死を思いつつ石に彫った限りなく豊かな哀傷歌を、故人を悼む現代人のあいだに求めて、空しかった。追悼の古い形の残滓は、現代の独裁国家においてのみ——大概は、ローマよりもろく、ビザンチンより柔軟性に乏しい、硬直化した政権下において——辛うじて見出された。故人が大袈裟に神格化され、「尊き御霊《みたま》」が英雄や殉教者として生者と共に行進する、毎年繰り返されるパレードにおいてのみ、古代の敬虔さの反響を彼は遠く聞いた。東ヨーロッパの首都の都心は、地下の献花所や、詣でる者を番人が迎える廟を備えた、エトルリアの墓場に似た。独裁者が死んだときには、ラジオが国民に何日にもわたって哀悼の音楽を流す一方、砲架にのせた棺は、最後の安らぎの場に向けてしずしずと運ばれた。ミイラ化したエジプト王のために建物が丸ごと建てられ、蜂蜜で防腐処理を施されたアレクサンダー大王が、彼の後継者たちの御世《みよ》の先まで長らえた、そういう昔を、多くのことが想起させた。死は、生のもろもろの隠れ処《が》を超越したところで、コンクリートの建造物や、典礼文と化した言葉や、革命の永遠を求める時代のたそがれのなかに、偏在していた。そうした社会のなかに、詩の作者は、最もすぐれた資料を見出したのである。

故人を語る言葉は原則として儀式化される、という主張が、そうした事例に基づいていることは、確かだろう。表現の陳腐さゆえに揺るがしがたいそれらの事象は、彼の仕事の導きの糸となった「意味論的哀傷」という現象に対して、彼の目を初めて開いたのであった。この糸は、彼を粘り強く修辞の冥界へと連れ込んでいった。「死後に上がる内面の声」「死の意味」「死をめぐる比喩」といった概念は、以来、死の文献学の分野で彼がものした著作から切り離して考えることはできない。しかしながら、彼の企てのもうひとつの異端的な側面は、私が発見してここに提示する詩群によって初めて示されるのである。

読んでいて驚かれたかもしれないが、これらの詩は、死亡事故や死別を悪意から集めたものでは断じてない。抱えていた巨大なテーマが匿名作者の念頭から去ったことは無く、彼なりに筋は通していた。仕事の手を休めては、かならず人道的な埋め合わせをした。ペルーに亡命し、ナスカ砂漠のはずれで、ヨーロッパ人到来以前の墓の資料に従って、あたり一帯を調べ上げていたころ、すでに彼は、マルクス・アウレリウスのように、わき目もふらず死の問題にのめり込んでいたのである。彼の記録のなかに、「魂の安らぎ」「慰め」といった項目のもと、同様の内容の書き抜きが一度に何枚も見出されたのは、こうしたところから来る。そこには、物理学者ボルツマンが同じく物理学者のロシュミットに別れを告げた、講義形式の弔辞の抜粋も含まれていた。P13 が学者としてどれだけ広い分野を抑えていたに違いないかは、ほかならずこの稀有なる悼辞が示している。これは、熱理論の記録の一ページであると同時に、開拓者が、すでに亡きもう一人の開拓者に向けた、ひねりを加えた一種の批判でもある。この弔辞は次の言葉で結ばれている。

「今やロシュミットのなきがらは原子に分解した。その原子がどれほどの数かは、彼が発見した定理から計算することができる。実験科学者を称える言葉においては、いかなる結果提示も欠けてはならないから、私は当該の数字をあそこに板書させた（十秭《し》、10^{25}）。この数は言うまでもなく概数である。ほんの短い髪一本によって、数字は一兆増えるであろう。十倍多かったり少なかったり、いや、百倍多かったり少なかったりするかも知れない。しかし誤差はそれ以上ではないはずである。それがどれくらいの桁になるのか、一切見当がつかなかった数字については、こんなにおおまかな規定ができるだけでも、大した成果だということはお分かりいただけるであろう。初めに聞いた歌の歌詞において認識されているのも、このことである。

『いかに小さな塵とて、見つめれば、心動かされずにいられようか。』」

編訳者紹介

縄田雄二（なわた　ゆうじ）

一九六四年東京生まれ。東京大学にてドイツ文学を専攻、ヘルダーリンについての論文で博士号を取得（西田書店より出版）。ドイツの諸機関の奨学金や招待で滞独（Goethe-Institut の奨学金で Goethe-Institut München に、ドイツ学術交流会の奨学金でベルリン・フンボルト大学メディア史・メディア美学講座にそれぞれ留学、バート・ホンブルク市のヘルダーリン・ハウスに市の招待で滞在、アレクサンダー・フォン・フンボルト財団の奨学金支給決定）。東京大学助手、中央大学専任講師を経て現在中央大学文学部助教授。

二〇〇四年三月一〇日　初版第一刷発行

ドゥルス・グリューンバイン詩集
墓碑銘・日本紀行

©編訳者　縄田雄二
発行者　辰川弘敬
発行所　中央大学出版部
東京都八王子市東中野七四二番地一
電話　〇四二六（七四）二三五一
FAX　〇四二六（七四）二三五四

印刷　株式会社　大森印刷
製本　大日本法令印刷製本

本書の出版は、中央大学学術図書出版助成規定による。
ISBN4-8057-5152-5

装幀　道吉　剛

ドゥルス・グリューンバイン　日本紀行

縄田雄二訳

茶を一服しての乱れ書き或いは一茶と旅した日々

一九九九年十月　日本紀行

Zerrüttungen nach einer Tasse Tee oder Reisetage mit Issa

Tagebuch einer Japan-Reise im Oktober 1999

東京・赤坂

さざめく道に
雀の住むは
難《かた》きかな、さても難きかな。

Schwierig, sehr schwierig
Ist so ein Spatzenleben
Auf den geschwätzigen Straßen.

Tokyo / Akasaka

東京・新宿区

小奇麗な街角、日曜日、
道端に芥《あくた》光る。
縄張りを睨む鴉一羽。

Müll glänzt am Wegrand
Des gepflegten Viertels am Sonntag.
Die Krähe beäugt ihr Revier.

Tokyo / Shinjuku-ku

赤坂東急ホテルにて一茶「父の終焉日記」再読

人の世を司る神よ、
ひとりの歌人《うたびと》にこれほどの不幸せを重ねるとは
いかなるおつもりか。
「世界」女史は自分の継子を御存じか。
孤《ひと》りたること、これもまた一茶。

Was soll das, du Gott

Der Menschlein, - soviel Unglück

Auf einen Dichter gehäuft.

Kennt sie ihr Stiefkind, Frau Welt ?

Auch das Verwaistsein ist Issa.

Tokyo / Akasaka Tokyu Hotel
(Beim Wiederlesen von Issas Chichi no shûen-nikki)

京都・清水寺

観光客のただなか
笠もまぶかに
祈る行脚僧ひとり。

Zwischen Touristen
Steht ein Wandermönch, betend,
Den Hut tief im Gesicht.

Kyoto / Kiyomizu-dera

喉頭のクリック十七回——
日本語の詩一篇。
聞きもあえず息《や》む。

Siebzehn Kehlkopfklicks, -
Ein Gedicht auf Japanisch.
Vorbei, kaum gehört.

東京・赤坂東急ホテル（Haikai は諧謔の意）

諧謔ひとつがすべて。
飛ぶ時さえ
詩は詩。

Ein Scherz das Ganze !
Selbst wenn er fliegt, der Vers,
Er bleibt, was er ist.

Tokyo / Akasaka Tokyu Hotel
(Haikai. . . Scherz, scherzhaft)

東京・赤坂東急ホテル

山深いオランダを出てきた俺には
かような詞芸《わざ》は
いつまでたってもとんと分からぬ。

Ganz fremd ist (und bleibt)
Solcherlei Verskunst dem Mann
Aus dem bergigen Holland.

Tokyo / Akasaka Tokyu Hotel

東京・港区

永の年月
流れに逆らって泳ぎつづければ——
丈夫《まめ》でいられるのも道理。

Soviele Jahre
Gegen den Strom geschwommen, -
So bleibt man gesund.

Tokyo / Minato-ku

京都・東寺

いかめしき朱塗りの門、
造船所と見紛う大伽藍——
されど内には静けさ。
仏《ブッダ》はうなばらを渡り来て
この波止場に鎮まり坐《いま》す。

Die riesigen roten Tore,
Tempel wie Schiffswerften groß, -
Doch drinnen Ruhe.
Hier liegt Buddha auf Reede
Nach seiner Fahrt übers Meer.

Kyoto / Tô-ji

東京・中央大学

廊下での卓球。
もしくは茶を汲む
女《ひと》の歩みか。

Pingpong im Hausflur.
Oder sind das die Schritte
Der Frau mit dem Tee ?

Tokyo / Chuo University

東京・ハチ公

街に敷かれた
盲いをみちびく歩行板、
見ても足がこそばゆい。

Den Füßen schmeichelt
Der Blindenpfad durch die Stadt,
Auch wenn man ihn sieht.

Tokyo / Hachikô

東京・神田神保町

おお、おのれを巡って
ものみなが渦巻くのを見よ。
ただなかにいるおのれを見よ。
この単調なる世界のもたらすは
新しきのみ。

O ja, sieh nur zu,
Wie alles wirbelt um dich.
Sieh dich inmitten.
Sie bringt nur Neues hervor,
Diese langweilige Welt.

Tokyo / Kanda-Jinbôchô

東京・赤坂東急ホテル

当地では「我思う」ではなく
「私の頭が思った」と言う。

「私から私の血が流れ出る」。

「私が血を流す、私は死ぬ」ではなく。

「私」とは誰か。わが肉か。

Nicht Ich denke, - hier
Sagt man Mein Kopf hat gedacht.
Mein Blut fließt aus mir.
Nicht Ich blute. Ich sterbe.
Ich, wer ist das ? Mein Körper ?

Tokyo / Akasaka Tokyu Hotel

東京・西荻窪

鴨を食うとは
鴨の死んでいった次第の段々を
たどる謂なり。

Eine Ente zu essen
Heißt die Stadien durchlaufen,
In denen sie starb.

Tokyo / Nishi-Ogikubo

東京・Exit Narita

朝の東京――
眠れる美女ならぬ
ゴジラが目覚める。

Tokyo am Morgen -
Nicht die schlafende Schöne,
Godzilla erwacht.

Tokyo / Exit Narita

静岡・日本平ホテル

こら頭《あたま》、どこへゆく。
おい足、そこで何をする。
尻よ、風呂に入っているのさ。

Wohin willst du denn, Kopf ?
He, was treibt ihr da, Füße ?
Wir baden, du Arsch.

Shizuoka / Nippondaira Hotel

駿河湾

一尾も洩らさじと
怒れる如く
海に音響探査をかけてゆく。

Nach letzten Fischen
Echolotend durchpflügen
Sie wütend das Meer.

Suruga Bay

静岡県・清水

加工場——
漁場の海遠く
群れなす魚はベルトコンベアから消える。

Eine Fischfabrik, -
Fern der Fanggründe gehen
Die Schwärme vom Band.

Shimizu / Präfektur Shizuoka

静岡に夢見る

眠る仏、
額中《ひたいじゅう》に鳥の糞《ふん》を頂いて。
ピチャリ！　に覚めることもなく。

Schlafender Buddha,
Die Stirn voller Vogelkot.
Kein Platsch ! weckt ihn auf.

Shizuoka / Im Traum

エーファ　静岡に来たる

かくも多くの神……
ちょいと柏手打って礼すれば
神様は御満足。
これが日本の「主への祈り」。
職場にとんぼ返り。

So viele Götter. . .
Einmal kurz geklatscht, genickt,
Zufrieden ist der Gott,
“Vater-Unser” in Japan.
Schnell an die Arbeit zurück.

Eva in Shizuoka

静岡・日本平ホテル

絨毯の模様に咲く
菊よ、
わが摺り足を感ずるか。

Ihr Chrysanthemen
Im Teppichmuster, spürt ihr
Meinen schlurfenden Gang ?

Shizuoka / Nippondaira Hotel

静岡から京都に向かう新幹線の車中にて

「中間色の国」にては
目も夢うつつ。
赤で飛び起きる。
あの丸が出てくると
どこであろうと瞳が警鐘を鳴らす。

Das Auge dämmert
Im “Land der Zwischenfarben”.
Bei Rot schreckt es auf.
Wo immer der Kreis sich zeigt,
Schlägt die Pupille Alarm.

Im Shinkansen von Shizuoka nach Kyoto

静岡から京都に向かう新幹線の車中にて

荒ぶる日を見れば
恐ろしきかな。戦《いくさ》では
中国の半ばが焼けた。

Furchtbar der Anblick
Der rohen Sonne. Im Krieg
Brannte halb China.

Im Shinkansen von Shizuoka nach Kyoto

東京・東郷神社の蚤の市にて骸骨の形の根付《ねつけ》を見出す

ここにもされこうべか。
いずれの旅衣に
留められたボタンか。

Auch hier der Totenkopf?
An welchem Reisemantel
War dies der Knopf?

Tokyo / Flohmarkt am Tôgô-jinja
(Netsuke in Form eines Totenschädels)

京都・二条城

将軍の御殿——
ベルサイユから見れば
納屋の寄せ集め。

Der Shôgun-Palast, -
Ein Ensemble von Scheunen,
Gesehn von Versailles.

Kyoto / Nijô-jô

京都・龍安寺

世界はお前のあたまのなかへと
引っ込んだ。そこで白昼夢として
目醒めるために。

Zurück in dein Hirn
Zog die Welt sich. Dort kommt sie
Als Wachtraum zu sich.

Kyoto / Ryôan-ji

京都・龍安寺

潮騒に向かって屁を放ち
心遣《や》ることも稀ならず。
人とはかくの如きもの。

Manchmal zufrieden,
Ein Furz gegen die Brandung,
So ist er, der Mensch.

Kyoto / Ryôan-ji

詩人・蕪村の旧宅をおとなう。蕪村は小高い庭に、名高い芭蕉が百年前にそこを訪れたことを記念して、こじんまりした茶室を建てさせた。創始者芭蕉の精神における俳句の復興は、蕪村とともに始まる。

京都・金福寺

栖《すみか》ある詩人、
栖なき詩人の茶室を
再建せり。(訳注)

(訳注)「おくのほそ道」冒頭に、「日々旅にして、旅を栖《すみか》とす」とある。

(Besuch im Wohnhaus des Dichters Buson, der in seinem Obergarten ein kleines Teehaus einrichten ließ in Erinnerung an den Aufenthalt des berühmten Bashô am selben Ort, hundert Jahre zuvor. Mit Buson beginnt die Renaissance der Haiku-Dichtung im Geist des Gründervaters Bashô.)

Wiederaufgebaut hat
Das Teehaus des unbehausten
Der behauste Dichter.

Kyoto / Konpuku-ji

京都・金福寺

水はさすらい、雲もさすらう、
むかしながらに。
詩人はもはや、さもあらず。

Wasser und Wolken
Ziehen wie immer dahin.
Selten noch Dichter.

Kyoto / Konpuku-ji

川端と三島の思い出に

この国のもの書きは
最後の小説の筆を擱《お》くと
自決して退く。
なりわいのまま
自ら生のピリオドを打って。

Durch Freitod scheiden
Nach dem letzten Roman hier
Die Schriftsteller aus.
Dem Handwerk treu setzen sie
Den Schlußpunkt im Leben selbst.

In memoriam Kawabata, Mishima

街と街との間にて自由律で吟ず

今日という日は夜が更けてはじめて
大人になった。夜の夢はあしたになって
はじめて若返るだろう。

Erst in der Nacht ist der heutige Tag
Erwachsen geworden. Erst anderntags
Verjüngt sich der nächtliche Traum.

Formlos zwischen den Städten

京都から静岡に向かう新幹線の車中にて

引き伸ばし式の
プラスチックのストローすら
手にとるならば
竹の幹を思わせる。
ジュースは何の味やら。

Selbst noch der Trinkhalm
Aus Plastik, zum Ausziehn, läßt,
Tastet die Hand ihn,
An den Bambusstamm denken.
Wonach schmeckt nur der Saft ?

Im Shinkansen von Kyoto nach Shizuoka

静岡・日本平ホテル

ホテルの部屋の窓外で
風に羽を逆立てる
鶺鴒《せきれい》。
うなづきつつ
今日の腹を満たす芋虫を探す。

Wind sträubt das Gefieder
Der Bachstelze vorm Fenster
Des Hotelzimmers.
Kopfnickend sucht sie den Wurm,
Der sie satt macht für heute.

Shizuoka / Nippondaira Hotel

日本では、よそに比べて人々の自制が大きいようである。この国では幼時から忍耐と遠慮とを学ぶ。しかし、しばしば出くわす、神経質に目をしばたたくチックが、集団で叩き込まれた自制のためにどれだけの精神力が費やされるかを、ひそかに洩らす。この暗号が目についたのは、企画事務所に勤める、静岡の若い女性が初めてではなかった。

静岡県

まぶたをしばたたきつつ
値を洩らす。一生の忍耐という
代償の値を。

(Größer als anderswo scheint in Japan die Selbstdisziplin der Leute. Früh schon übt man sich hier in Geduld und Zurückhaltung. Manchmal jedoch verrät ein Tic, ein nervöses Blinzeln, wieviel Kraft das kollektiv eingeübte Ansichhalten kostet. Die junge Frau in Shizuoka, Angestellte einer Veranstaltungsagentur, war nicht die erste, an der das Geheimzeichen auffiel.)

Zuckend die Lider
Plaudern den Preis aus, den Preis
Lebenslanger Geduld.

Präfektur Shizuoka

静岡県

調髪して
整然と列に梳き分けられた茂み。
緑茶はこうして出来る。

Frisiert die Büsche,
Streng in Reihen gescheitelt.
So reift Grüner Tee.

Präfektur Shizuoka

東京・新宿区のすし屋

シューベルトが好きで
ドイツ語を学んだ彼女は
「御免ナサイ《フェアツァイウング》」とささやく。
晩は酒を運び
昼は歌を学ぶ音大生。

Aus Liebe zu Schubert
Hat sie Deutsch gelernt. Leise
Sagt sie Verzeihung.
Abends bringt sie den Sake,
Tags studiert sie Gesang.

Tokyo / Sushi-Restaurant
Shinjuku-ku

東京からシベリア上空を経て帰る機内にて

ひたすら氷、氷、氷。
つばさの下は北極圏。
なぐさみ無き数時間。
学校の地図帳では灰色《グラウ》、
見おろせばおぞまし《グラウエン》。

Eis, Eis, nichts als Eis, -
Unterm Flügel Polarkreis.
Für Stunden kein Trost.
Was im Schulatlas grau war,
Ist zum Grauen geworden.

Rückflug von Tokyo über Sibirien

東京からシベリア上空を経て帰る機内にて

雲の上とも
下とも
覚えず。
見わたす限りの雪野原。
寒風《さむかぜ》の耕す大地。

Ununterscheidbar :
Sind wir über den Wolken
Oder darunter ?
Schneewüste, wohin man sieht.
Erde, vom Frostwind gepflügt.

Rückflug von Tokyo über Sibirien

眼鏡に落ちた雨粒

二〇〇二年六・七月、梅雨明け間近の日本道中記

ユルゲン・レンツコと池田信雄に（一）

六月二七日、東京・赤坂エクセルホテルにて

宿の窓外は
とどろき凄《すご》む。
原子力発電所、東京。

六月二七日、東京にて

今日という日はひとりで過ごせ。
いかに日の延びるか
知れようもの。

六月二八日、海に囲まれ洗われる国、日本に初めて旅したときを思い起こして。徳島では内海を太平洋から分かつ海峡に立った。

さきおととし
潮騒を耳に
われ鳴門に立ちき。(二)

六月二九日、東京・神田川、芭蕉が詩人としての第一歩を踏み出した龍隠庵《りゅうげあん》の下流にて。当時芭蕉は未だ「青い桃」、桃青と号していた。

川がこれほど
呑むものか。亀、鯉、
はては自転車。

六月二九日、龍隠庵の庭でバナナの木を見て

芭蕉《バナナ》は
収穫された。弟子たちが
たかって師を
食い物にした。当人は
かつてここに住んだのか。

六月二九日、桃青を偲んで

侍ならず、僧ならず、
永遠の第三者。
これぞ詩人。

六月二九日、友・池田信雄のために、彼の行きつけの酒場「火の子」閉店の晩に吟ず。新宿界隈の裏手のビルを四階までのぼったところにあるこの伝説の溜まり場は、作家、作曲家、絵描き、大学教授、踊り手などの常連を、その日を限りに迎え、痩せこけたママは店の消滅を悼む新聞記事をわれわれに見せてくれた。「バーにささげる挽歌」。

ウイスキーを手に弔す。
「火の子」よ、汝はバーなりき。
芸術家の飲料《のみりょう》なりき。

六月三〇日、赤坂エクセルホテルにて

固い枕をうなじに敷けば
愛しいひとの
夢を見るのも易からず。

六月三〇日、機内から東京湾を見下ろして

授業中
地図帳で紙を隠して
撃沈ごっこをしたっけな。

六月三〇日（三）

広島で一番難しい
禅の行は
「あのことを思うな」。

六月三〇日、広島にて

紫陽花《あじさい》よ、
不屈の花よ、
汝《なれ》も戻れり。

六月三〇日、広島にて

空気は澄んだ。
かがやく天に
雲の影は見て取れぬ。

六月三〇日、広島のバー Big Box にて。シツレイは「御免なさい」の意、「私は礼を失しました」が原義。

キエフ女《め》よ、
なぜに日本で
タンガ・スリップに円札詰めて
卓上で胸もあらわに踊るのか。
「シツレイ」。グローバリゼーション。(四)

六月三〇日深更、広島にて

「今日はもう笑ったかい」と
グラス受けにあり。
ほくそ笑むバーテン。

七月一日、宮島にて。カンジとは、日本語の文字体系に含まれる、中国語の表意文字。

宮島の江に
木の門が立つ。
海に浮かぶ赤い漢字。

七月一日、神々の島、宮島から、ビルが立ち並ぶ、世界中どこにでもありそうな光景の陸を見やりつつ

情け深い霧。
コンクリートから
古い日本を捻りだしてくれる。

七月一日、宮島の海の牡蠣舟

牡蠣は日に
二百リットルの水を飲む。
僕と君のためにだけ。

七月一日、宮島にて

蒸し暑い梅雨。
詩作の筆まで重い。
俳諧《シェルツ》・洒落にならない……

七月二日、宮島温泉の旅館、石亭にて

樹の床屋が
緑の筒袖から針を払う。
かえでの理髪、一丁上がり。

七月二日、旅館石亭にて谷崎「陰翳礼讃」を想いつつ

あまたの句が生まれたのは
閑寂を極めたところにてこそ。
杉の葉を敷いた厠《かわや》。

七月二日、よりによって広島で、人のいい年配の婦人が、旅人にいわゆる削り籤をくれた。

表か裏か(五)——ともかくも
硬貨で削れ。
「ハズレ」とは、はずれ《ニーテ》。

七月二日、広島にて

ふと哀しい。
食堂のおかみが
おふくろに見えた。

七月二日、日の暮れた東京・銀座で店じまい直前に

大いさ並ぶもの無き
この百貨の伽藍で祈ろう、
わが友《モン・フレール》ボードレールよ。

七月二日、同じ場所で既視《デジャ・ヴュ》体験

往時
人力車の雑踏に立ちしは
誰ならぬ我。

七月二日、約十五分後に

忘れよ、わが友、
不惑にして
ゆめ懐しむなかれ。

七月二日、東京・銀座線

地下鉄車内で
行き先をローマ字でしか読めぬ者は
首をねじらねばならぬ。
伏せた目から
漢字が見返すことはない。

七月三日、鎌倉の大仏にて

くちもとにこぼれる
皮肉な笑み。
思い出し笑いか。

七月三日、鎌倉にて

目を輝かせ
仏の腹中《はらなか》に
雨を避《よ》く。

七月三日、鎌倉近くの浜にて

お化けに紛う――
しのびやかな音《ね》のみして見えず。
狭霧《さぎり》にこめられた海。

七月三日、鎌倉の地蔵堂にて。仏教では、堕ろした子、死産の子、夭死した赤子らのために小さな地蔵菩薩像を立てるならわしがある。

御堂《みどう》のまえに整列する
若児《わかご》たち。
地はかれらを置かなかった。
ここには訴える声は聞こえず。
叫び泣く声は聞こえず。

七月三日、鎌倉・長谷寺にて

われらのためとて
廻《めぐ》る大鷹。
空の巡査。

七月四日、東京・神保町にて。“Büchmann”は今日にいたるまで、ドイツ語格言辞典の規範の地位を保っている。三年前、私は東京の或る古本屋で、引用句を集めて作った、この古くからある辞典の初版本を見かけた。このたび来てみると、同じ所にある。縁に積もったほこりからして、誰も手を触れていない。

辛抱づよい本——
棚もあの棚、
場所もあの場所にいるお前を
目がかすめたのは三年《みとせ》のむかし。
帰りなんいざ、連れ立ちて。

七月五日、旅立ちの日の朝まだき、キャピトル東急ホテルにて

目覚ましが
にせの悪夢を奪う——
まことの悪夢と引き換えに。

七月五日、東京・成田空港にて

缶の茶を賞せよと
誘われたのは此処《ここ》。
よろこんで応じた。

七月五日、東京で新たな人生を始めるために、ウランバートルから三年前にやってきた様子を語ってくれた、無名の三味線弾きのモンゴル人女性に

見失っては
日ごとめぐり会うのが
東京。

東京――コペンハーゲン

縄田雄二に

エンジンのした、海峡にのびのびと臥《が》す。
デンマークとスウェーデンとをつなぐ橋が。
機は沈み、ためらいつつ最後の旋回をする。
いまひとたび耳を欹《そばだ》て日本語で話すのを聞く。

いまこそヨーロッパが、あらけなき麗人が、僕をふたたび迎える。
裾には潮煙――波の穂が色づく。
こまやかな血脈の透いた目蓋《まぶた》が寝ぼけて上がる。
瞳が青ねずみ色にかがやく――東の海(六)の色に。

おくれがちなグリニッジ時にさきがける
未来の夢、極東は、いまや遥かだ。
勝ち目も無く、物言わず、
滑走路の白樺めいて入国審査官の前に立つ――ついに我が家。

二〇〇二年七月

ドゥルス・グリューンバイン

（一）それぞれ東京ドイツ文化センターと日本独文学会の担当者として、グリューンバイン来日に際して尽力し、各地にも同行なさったお二人である。
（二）「鳴門に」は、原文では、この固有名詞のもともとの意味をドイツ語に訳した“Am Schreienden Tor”「叫ぶ門に」という表現になっている。
（三）以下三句、原子爆弾投下についての吟。
（四）五行とも原文は英語。
（五）「表か裏か」は、硬貨をはじいてどちらの面が上になるかを当てる硬貨投げについて言う決まり文句。
（六）ドイツではバルト海をOstsee,「東の海」と呼ぶ。

訳者解説

パウル・ツェラーンが一九七〇年にセーヌ河に入水して以後、ドイツ語ではいかなる詩が書かれてきたのであろうか。日本の読者にはあまり知られていないのかもしれないが、それは、七十年代以後の詩に見るべきものが少ないからであろうか。

小説家・詩人のマルセル・バイアー（六五年生まれ）は、九二年にこう述べている。

ひどい詩について嘆く言葉があふれる一方、良い詩について書かれることは稀です。しかし私の見る限り、［ドイツ語現代詩の状況が］それほどひどいということは全くありません。もしかしたら、私が熱心に本を読み始めたのが――齢のせいで――八十年代に入ってから、という事情からそう見えるのかも知れませんが、七十年代は、クリングやウォーターハウスほどの詩人を生み出しはしなかったように思います（七十年代が稀に見せた光――例えばパスティオーアやプリースニッツ――の詩が出版され始めたのは六十年代に遡ります）(一)。

ドイツ語文学界は、ここで挙げられたトーマス・クリング（五七年生まれ）や、ペーター・ウォーターハウス（五六年生まれ）の世代からのみならず、それ以後の世代からも、すぐれた詩人たちを生み出した。詩を少なくともある

程度本業としている作家に話を限れば、そのうち一人はバイアー自身であり、もう一人、落としてはいけないのが、六二年生まれのドゥルス・グリューンバインである。文学離れはドイツも日本とさして変わらないが、そのなかにあって、ドイツ語の詩は豊かな実りを見せている。そして、長老を別にすれば、その核はこれらの詩人たちが担っているのである。その一端として、ここに、グリューンバインの詩を訳出したい。

*

グリューンバインの略歴を、読者としての彼の履歴も含めて述べておこう。ドゥルス・グリューンバイン（Durs Grünbein）は、一九六二年、東ドイツ・ザクセン地方のドレスデンで生まれた。ノヴァーリスとヘルダーリンを導きの糸としつつ、若き日に詩を書きそめ、七八年にものした一連の詩が記録されている。十七歳のときに読んだ、古代から同時代までを巡るエズラ・パウンドの一大叙事詩「キャントーズ」が、その後の詩作を方向づけた。一年半にわたって東ドイツ国民人民軍に属して兵役に服し、兵舎ではブレヒトを「一行一行全部」読み上げた。ベルリンに居を移したのは八四年。ベルリン・フンボルト大学で演劇学を二年間にわたって学んでいる。このころ、ホラティウス、ダンテからボードレール以後の近現代詩に至るもろもろの文学を読み漁ったほかに、量子物理学や神経医学に触れたことは特筆されるべきだろう（その痕跡は「尊き御霊に」にも見出されるし、医師にして詩人のゴットフリート・ベンとの親近性を云々されるのも、ひとつにはここから来る）。八五年に本格的に執筆を始め、劇作家・演出家のハイナー・ミュラーにただちに見出された（ミュラーの死後グリューンバインが編集・出版したミュラー詩集(一)は、師への

美しい手向けである）。八八年、東西ドイツ間の壁が崩れる一年前に、東ドイツの最も重要な文芸誌のひとつ、Sinn und Form に詩を載せ、同時に西ドイツの最も重要な出版社のひとつ、ズーアカンプから最初の詩集を出版して、文壇に登場した。九〇年までの一時期は、造形芸術家、写真家、パフォーマンス芸術家らと活動をともにしている。またたく間に詩人としての名を高め、九五年、ドイツ語文学に与えられる文学賞のなかで最高の権威を保つゲオルク・ビューヒナー賞を受賞。功なり名遂げた作者の受賞が大半のなかで、グリューンバインは三三歳という例外的な若さで、ドイツ語文学の殿堂入りを果したのである。(三) 以後もベルリンに住みつつ、詩を中心に、随筆、翻訳など、旺盛に執筆活動を続けている。

九四年に、ドイツの最高級紙のひとつであるフランクフルター・アルゲマイネに載った評が、グリューンバインが一気に評価を高めていった際の興奮を伝えている。

　エンツェンスベルガー若かりし日以来、それどころか、もしかしたらフーゴ・フォン・ホーフマンスタールの登場以来、ドイツ語詩の世界で、詩に関心ある者すべてを魅了する、グリューンバインほどの神の愛子《まなご》はあらわれなかった。グリューンバインが朗読するところ、聴衆は魅了される。［……］敷居の一番高い文芸雑誌も彼の作を載せた。文学賞、奨学金、世界中の大学のドイツ学科からの招待が押し寄せた。(四)

最近は、ギュンター・グラスの次にノーベル賞を受賞するドイツ語作家はグリューンバインではないか、という声もあちこちから聞こえてくる。ドイツの文芸界で絶大な影響力を揮った、文芸批評のテレビ番組「文学四重奏」の最

終回は、ヨハネス・ラウ大統領が招待し冒頭挨拶の辞を述べるかたちで、大統領公邸のベルヴュー宮殿で収録され、グリューンバインの本も取り上げられたのだが、批評家ヘルムート・カラゼックがその記念すべき場で、グリューンバインの詩は確かにノーベル賞に値する、と評したのが一例である。

東ドイツ出身者の経歴というと、グリューンバインが東西ヨーロッパ間の壁の崩壊にいかに接したかを述べないわけには行くまい。詩人自身の説明によれば、この世界史上のできごとを、初めは「受動的に、非政治的な無精者として」受け止めたという。社会主義国家東ドイツの没落の本当の意味を思い知ったのは、ベスビオ火山の噴火で滅びたヘルクラネウムとポンペイの遺跡を後日訪れたときのことであった(五)。

現代ヨーロッパの最大級の事件も、古代という、いわば裏側から見て初めて理解する、こうした歴史意識は、グリューンバインの創作活動に偏在している。例えば、グリューンバインは、西紀二〇〇〇年につけた日録を「第一年——ベルリンでの記録——」(六)として上梓したが、東西ドイツ統合を経てヨーロッパの文化の中心にのしあがった感すらあるベルリンにおいて日々しるした文章で彼が好んで触れるのは、例えば古代のギリシャ・ローマなのである。また、とりわけ言及しておきたいのは、ギリシャ・ローマ悲劇の現代ドイツ語訳の仕事だ。いままで公にされたのはアイスキロスの「ペルシア人」(七)、同じく「テバイを攻める七将」(八)、セネカの「チュエステス」(九)の三冊、論考、詩、幕間劇などを書き添えて、グリューンバインならではの刻印が押されているが、いずれも朗誦に堪えるみごとなドイツ語であり、ドイツ語圏の劇場の演目を潤している。

グリューンバインの仕事には、広い意味でのルネサンス、古代再生という面があり、彼の読者の多くは、ヨーロッパの伝統を引継ぎ、現代によみがえらせている著者としてグリューンバインを読んでいる。そうした再生の試みのひ

とつが、「墓碑銘」といういにしえの文学形式の名を題名に冠した「尊き御霊に――三十三の墓碑銘」にほかならない。

*

初期のグリューンバインは、言葉を煮詰めるところまで煮詰め、難解となることを恐れなかったが、ある時期から彼の詩は、佶屈聱牙な様子を潜めていった。娘の誕生とその成長を歌った詩集(二〇〇二年)は、そうした平明な詩風を極めたものであるが、この傾向を本格的に彼が導入したと言えるのが、「尊き御霊に」である。

「尊き御霊に――三十三の墓碑銘」は、九四年に一冊の本としてズーアカンプ社から出版された(Durs Grünbein : Den Teuren Toten. 33 Epitaphe. Frankfurt a. M. : Suhrkamp 1994)。ここに訳したのは、あとがきを含めて、その全部であり、生のはかなさを歌った詩一篇に、世界のさまざまな場所でひとが死んでゆくありさまを叙した詩が十篇続く、というのが三回繰り返される、という構成になっている。切り詰めた言葉で書かれ、散文詩の趣きも呈する跋文では、ドレスデンの屋根裏部屋に蔵されていた、死の文化史を研究した学者の遺稿からこれらの詩が発見された、という設定が語られる。

このあとがきには、言うまでもなく、ドレスデン出身の詩人グリューンバインの自画像が隠されている。ヨーロッパの文化史・文学史を見渡し把握する博覧(そしてそれがヨーロッパ外にも及ぶさま)、とりわけ古代ギリシャ・ローマへの熱狂、それを現代に結びつける柔軟さ、自然科学の文学への取り込み、美術に学んだ、「事物に辛辣に相対する姿勢、ある時代の典型的な物を、距離をおいてながめる独特のまなざし」、出自としての社会主義体制下の東ヨ

ーロッパ――グリューンバインの執筆活動を特徴づけるこれらの諸点は、この跋文に遺憾無くあらわれている。グリューンバインを初めて読むという読者は、この後記から入門すると良かろう。

自然を歌ってきたドイツ語詩は、近年、文化史を主な対象領域のひとつとするようになった、と言われるが、グリューンバインはその傾向を代表する一人であり、この詩集もその例に数え入れることができるだろう。ゲーテやシラーの時代におけるように自然を歌い上げようにもその自然が破壊され、また、おのれの日常とその所感を素朴に詩にするという一時期はやったいわゆる新主観性という方向性にも、とうに満足できなくなった現代の意欲的なドイツ語詩人たちは、文化史家を兼ねつつ人類の文化の歴史の諸相を詩にすることを、最大の課題のひとつとしている。これらの詩人たちは、だからこそ、同時代の文化史家・思想家たちの著作も実に良く知っているし、両者の仕事はしばしば呼応する。詩人と思想家がお互いを気にしつつ知の最前線を争う、というありさまは、ヘルダーリンとドイツ観念論者の昔まで遡る必要はなく、例えばグリューンバインにおいてその好例が見られるのである。彼の最新の本、一四〇ページにわたる雄篇「雪について、或いは滞独中のデカルト」[一一]（二〇〇三年）を見るがよい。デカルトについては近年ドイツで、学問の言説をその歴史的脈絡から相対化しつつ分析する、いわゆる学問史（ヴィッセンシャフツゲシヒテ）という分野において、いくつか重要な仕事があらわれた。思想の方面でのこうした動向にあたかも呼応するかのように出されたグリューンバインの新著は、学問史の向こうを文学の領域で張った作品と言えよう。「尊き御霊に」で、古代ギリシャの医学者や、ウィーンの自然科学者が顔を出すのも、自然科学という言説に対する興味からきたことである。「尊き御霊に」の諸篇が文化学者の遺稿から見つかったという設定は、思いつきの意匠ではなく、世界の文化史を死という観点から切り取ってみようという興味が与かっていると見るべきだろう。

もうひとつ、この詩集の裏側に読み取って良い現代ドイツ思想は、記憶論・想起論である。文化史における記憶・想起という現象を扱うこの論は、アライダ・アスマン、ヤン・アスマン夫妻らが展開し、メディア論と結びついて広く論ぜられ、いまやその基本的主張は、ドイツの人文科学の共通認識にさえなった。学問史におけると同じく、記憶論においても、思想家・文化史家と詩人とは、張り合って言説を展開している。クリングが自ら編んだドイツ語詩選集を「ことばの記憶装置」(一二)と題したことなどは、詩人の側における例の最も目立つもののひとつであろう。グリューンバインも、自分の詩は、八割は時間に対する抵抗から成ると分析する。(一三)時間に対する抵抗とは、すべてを忘却の淵に沈めようとする時の流れに、書きとどめる作業によって逆らう謂だろう。「尊き御霊に」のあとがきでグリューンバインが記述しているのも、死をどのように追憶・記憶するか、という技術の小史である。グリューンバインは、墓碑銘という文学を、明らかに、死を、無に帰することで終わらせず、なんらかのかたちで記録・記憶する技術として理解している。これに対応しつつ、アライダ・アスマンも、ヤン・アスマンも、それぞれが書いた記憶論の本に、死者を記憶する術の文化史についての章を設け、アライダの論は、「尊き御霊に」のあとがきでも論ぜられているシモニデスにも及んでいる。のみならず彼女は、ドレスデンの廃棄物処理所のゴミの山を、ポンペイを埋めたベスビオ火山と比べ、両者における記憶の様態を論じたグリューンバインの論を取り上げて、分析してみせる。(一四)ドレスデン出身の文化史家という虚構を使ってグリューンバインが展開している哀悼術の考古学は、孤立した現象ではない。ドイツ語圏で展開している記憶論の言説のなかに、重要な場所を占めているのである。

ゴミ埋め立て所は、「尊き御霊に」を締めくくる詩篇の舞台でもある。また、ドレスデン在住のバイアーの小説「密偵」(一五)には、やはりゴミを埋め立てた丘が効果的に使われている。近年のドイツ文学には、このようにゴミの山に

格別の敬意を払い、文学的な価値を付与している例がある。

ドレスデン――この、かつてドイツ・バロックの粋を誇った都は、第二次世界大戦末期に最も激しく爆撃に見舞われた街のひとつとなり、東ドイツ時代には、修復のために十分に費用が注ぎ込まれないまま、無残な姿（グリューンバインの言葉で言えば「エルベ河畔のバロック残骸《ヴラック》」）(一六)をさらし続けた。そうしたなかで生まれ育ったグリューンバインが、文化の記憶という問題に、独特のまなざしを備えているのは、自然ななりゆきかもしれない。グリューンバインにはドレスデン空襲を歌った詩群「雨が最後に降ったあとのヨーロッパ」(一七)がある。「忘却の河《レーテ》」の岸、瓦礫のなかに「埋まった街を言葉が呼ぶのはいつでも遅すぎる」と嘆きつつ、消えゆくもの、忘れ去られるものを辛うじて言葉でひきとどめ追想することを、詩の任務と心得て書かれた一連の作である。ドレスデンのザクセン州立歌劇場は、ヴォルフガング・リームに委嘱して、これらの詩をもとに管弦楽伴奏の歌曲をつくらせ、二〇〇三年秋、ケント・ナガノ指揮で初演した。名曲「碑銘（In-Schrift）」やハイナー・ミュラーの劇「ハムレット・マシーン」を台本にした歌劇の作曲者がどのような腕をふるったのか、興味を引くが、報道は、演奏ののち壇上に呼び出されたリームが、グリューンバインの詩集を高く掲げて詩人に敬意を表したことを伝えている。

ドレスデンのゴミ山を、ポンペイの遺跡と比べたグリューンバインの目は、通俗きわまりない大衆紙の記事に、古代ヨーロッパの悲劇の変形を見出す。これが「尊き御霊に」の出発点となった。グリューンバインはある対談でこう述べる。

一九八九年以後、私は「ビルト」「BZ」といった大衆紙の切り抜きを始めました。外国旅行中にも、イギリ

スの「サン」だの、「ニューヨーク・タイムズ」の市内欄だのを切り抜きました。ある日、そうした記事が、個々人の悲劇的きわまりない運命を示す際の簡潔さ、事故や死亡を伝える際のあの不条理さが、目についたのです。これらの記事はみな、いわば結末のある掌篇であり、古くからある悲劇が縮まった形式なのです。死という素材はこの場合どうでもよく、大切なのはただ、AからBへ、凡凡たる人生から死へと、最短距離で結ばれるということだけです。三つか四つの醒めた文、わずかな行数のみからなる報道ですが、新聞の文体が記述の対象にそぐっていないところから、期せずして辛辣さが生まれています。[……]これが、凡人の没落についての報告、「墓碑銘」の素材となったのです。これらの記事において、喜劇と悲劇とが極めて密に接しているということが、私には単に全く飲み込めませんでした。そこで、書き始めたのです。当初は何百篇か書こうと思っていたのですが、三十三でやめにしました。ひとつには飽きたからであり、もうひとつには、この数が象徴的と思われたからです。すでに言いましたが、その際私にとって大切だったのは、事故だの殺人だのといった死自体では決してなく、切り詰めた容赦の無い語り口であり、同時に、古代の墓碑銘という文学形式、西洋詩のそもそもの起源である寸鉄詩《エピグラム》の反響でありました。(一八)

日本で言えばスポーツ新聞にあたる大衆紙の記事に、墓碑銘、寸鉄詩、悲劇という古典古代に遡る文学形式に連なるものを見出し、ダンテの神曲の篇数と同じ三十三という数の詩に仕立てるあたり、グリューンバインならではである。報道調は、「尊き御霊に」のあちこちに意図的に残されている。例えば、ローマの駅を舞台とした篇の冒頭の文句、「臆せり」は、新聞の見出し風に書かれたものである。同じくイタリアに関わるという縁で「神曲」の世界に重

ね合わされ、聖化された上でのことであるが。

「切り詰めた容赦の無い語り口」の「寸鉄詩《エピグラム》」を彼は、古代ヨーロッパのみならず、極東の文学にも見出した。俳句である。

＊

収録したものの第二、「茶を一服しての乱れ書き或いは一茶と旅した日々――一九九九年一〇月日本紀行」は、グリューンバインがエーファ夫人と初めて来日した折、俳句と短歌でつけた旅日記である。原文及び訳は、招聘元の東京ドイツ文化センター（Goethe-Institut Tokyo）のウェッブサイトに公開されたが、印刷されるのは、訳のみならず、原文もこれが最初である（但し、造本家 Veronika Schäpers が、本書収録の二つを含むグリューンバインの都合三つの日本紀行の抜粋と、その拙訳とを用いて制作している豪華本が、本書と相前後してできる予定である）。ちなみにこの来日の折、グリューンバインは大岡信、高橋順子、谷川俊太郎、ウリ・ベッカーと連詩を巻いている。(一九) 本書にはさらに、グリューンバインが二〇〇二年に再来日した際に、やはり俳句と短歌でつけた旅日記、「眼鏡に落ちた雨粒」の訳を収録した（原題 Regentropfen auf einem Brillenglas. Tagebuch einer Japan-Reise am Ende der Regenzeit im Juni/Juli 2002. In : Neue Beiträge zur Germanistik. Bd. 1 (2002), S. 49-55）。

Haiku ないし Haikai、また Tanka は、ドイツ語圏でも知られており、ドイツ語でつくる人も一定数いるが、その場合、俳句ならば五音節・七音節・五音節の三行、短歌ならばそれに七音節・七音節の二行を足した五行で書くのが、

原則である。グリューンバインも、なるべくこの原則に従いつつ、ただし音節余り・音節足らずを厭わずに、また、季語にはしばられずに、詠じている。

外国語俳句にはさまざまな訳し方があろうが、本書では、訳を俳句や短歌に仕立てることは初めから試みなかった。訳の音数を五七五に合わせるならば、原文にある要素の多くを削ったり変えたりすることを余儀なくされるからであり、ここで私が目指したのは、原文に忠実な訳だからである。

さきほど引いた対談で、グリューンバインが日本について語っている言葉と読み合わせるのも興味深いだろう。

「かなたへ旅立ちかしこで共に生きることが、いかに素晴らしいかを思え」とボードレールが歌ったまさしくその意味で、旅心を一番はっきりと誘ってくれるのは、日本、イギリス、キューバ、マダガスカルといった島国ではないでしょうか。ただし、境を越えて島国に入った途端、自分の感覚の限界がどこにあるかが分かるのです。これは、異国趣味や、異文化に耽溺したいという願いとは、もしかしたらあまり関係が無いことなのであって、むしろ、これだけ遠い文化のなかで自分自身に属するものは何か、何に自分を再発見できるか、ということを知ろうとする意志から来ることなのです。(二〇)

これらの道中記は、芭蕉の紀行文などに範を求めて書かれたのではなかろうか。旅日記を俳句でつけるという発想に、「奥の細道」のドイツ語訳や、芭蕉の他の紀行文の英語訳が関与していないとは考えにくい。「尊き御霊に」が古代の墓碑銘に範を仰いだように、ふたつの日本紀行は、例えば老師・芭蕉を慕って杖を曳きつつしたためられたので

あろう。最初の旅日記が「一茶と旅した日々」と題されているのも面白い。封建的な家族制度の桎梏のなかから一茶が忍び声をもらしたさまは、社会主義体制下で筆を執ったグリューンバインのすがたに無理なく重なるからだ。また、グリューンバインが日本文学に取り組んでいる背後には、パウンドが俳句を読み込み、ブレヒトが能の「谷行」をもとに芝居をつくったりと、彼がその系譜に直接連なると意識する近代作家が日本文学を受容した衣鉢を継ぐ意識が、どこかにあるのかもしれない。

「茶を一服しての乱れ書き或いは一茶と旅した日々」には、俳句という文学形式自体を主題にした一連の吟がある。「喉頭のクリック十七回——／日本語の詩一篇。／聞きもあえず息《や》む」とは、俳句の短かさを主題にしたものである。俳句を文字としてではなくあくまで音としてとらえている点が、短詩を「三十一文字」などと文字として捉える感覚と対照的であり、面白い。次の句「諧謔ひとつがすべて。／飛ぶ時さえ／詩は詩」では、そうした短さを、俳諧の原義が諧謔である点と結びつけて見せ、続いて低地国オランダを「山深い」としゃれて、「山深いオランダを出てきた俺には／かような詞芸《わざ》は／いつまでたってもとんと分からぬ」と、その諧謔を実際にやってみせる。グリューンバインの俳句への関心はその後も衰えず、二〇〇三年、平出隆と一緒に朗読会を開くなどのために三たび目に来日した折に俳句でつけた日記を、帰国後間もなく私に送ってくれた。彼には是非とも、本格的な俳句論・俳人論を書いてほしい。個人的な会話のなかで聞くことができた彼の洞察は、印刷されないままにするには惜しい、独創性に満ちたものであった。

「尊き御霊に」とふたつの日本紀行とは、お互い無関係に成立した。私はもともと、「尊き御霊に」を主体とし、旅日記をひとつ付録として添えるつもりであった。しかし、もうひとつ道中記を収めることができることになったので、

作者と相談の上、「尊き御霊に」と「日本紀行」という二冊の本が一冊にまとまっているような体裁を目指すことにしたのである。ＣＤを本の真ん中に置いたのは、二冊を分かつ点としてにほかならない。しかしながら一方、「尊き御霊に」とふたつの日本紀行とは、「切り詰めた容赦の無い語り口」の伝統的な「寸鉄詩」に新たな衣をまとわせた点、似通っている。また、ヨーロッパの文化史を詩作の重要な源泉とするグリューンバインが、ヨーロッパの外にも素材を求め、世界の諸文化、ないしそのひとつとしての日本に取り組んだ点でも、通底する。さらに言えば、墓碑銘にせよ俳句にせよ、現代ドイツにとって異質な文学形式を手中に収め、おのれの息を吹き込む手並みを、グリューンバインが披露している点も共通する。恣意的な組み合わせを免れていると言っても、強弁にはならないと思うのだが、いかがか。

*

グリューンバインの朗読を聴いたのは、もう幾度にのぼるだろう。ドイツの知識人に多い黒づくめのなりは、ヨーロッパの知を長らく担った僧院の僧衣をどこかで引継いでのことか。世界中の大学で、文化交流センターで、壇上にのぼってきた詩人は、経験と自負から来る余裕を見せつつ、その場にかなった挨拶を述べる。そして何冊か携えてきた自著の一冊をひらき、二言三言、解説を加えてから、読み始めるのだ。自分の本への愛着は、彼が本を扱うしぐさからよく見てとれる。流れ出る詩句は、今日のドイツ語詩人にはめずらしいほどの丹精をこらして韻律を整えただけあって、美しく起伏する。――

この本は、大学出版部からの出版ゆえ、資料としての価値を追求してCDをつけることが許され、こうした彼の朗読のありさまを記録することができた。CDで朗読されているのは、「尊き御霊に」から丁度三分の一を私が選んだ十一篇と、「茶を一服しての乱れ書き或いは一茶と旅した日々――一九九九年一〇月 日本紀行」全篇であり、これらの作品についてはすべて原文・訳文を同じ見開きないしページに収めた（見開きに収める都合上、「尊き御霊に」の作品の順を、作者の了解を得た上で、一部原書と違う順にしていることをお断りしておく）。両者とも、私の立会いのもと、都内のスタジオで録音した。後者の録音は、東京ドイツ文化センターのウェッブサイトに公開された。

朗読は、近年日本でも広まってきたが、まだ一般的とは言えない。私も、自分の大学にときどきドイツ語作家をお招きして朗読会を催すのを楽しみにしているが、学生に尋ねてみても、朗読会はそもそも初めてという者ばかりである。一方ドイツでは、朗読という文学の形態は昔からしっかりと根づいており、大都市では毎晩のように朗読会があって、街の情報誌にも、演奏会や映画と並んで、朗読会の情報がずらりと載せられている。デリダの音声中心主義論に親しんだ人には周知のことだろうが、音を写し取る表音文字のアルファベットを古くから用いている文化圏では、音を一次的、文字を二次的と見る考えが根強くあり、ドイツ語圏はその典型である。外国映画が映画館でかかるときには、ドイツ語に吹き替えて、字幕を嫌う、というのも、この考えのあらわれのひとつだろう。朗読は、文学を字から解き放ち、音という本来のすがたに戻す機会として、喜ばれるのである。グリューンバインが「造形芸術が目に支配されているのと同様に、文学を耳から離すことは絶対にできない」（二一）と述べるとき、彼はこうした背景のもとで発言していることになる。

音を重んじ文字を軽んずるのがドイツ語文学における伝統であることを、一八〇〇年に出たゲーテの詩集に収めら

れた一篇の詩が良く示している。この詩集、ないしそこに収められた歌々自体をうたった作品である。

リーナに

愛しいひとよ、この歌々がいつか
おまえの手元に戻ったならば
恋人がかつておまえに立ち添った
ピアノに向かえ。

弦を速く鳴らせ。
そして本を見よ。
読むことだけはならぬ。常に歌え。
歌えばすべてのページはおまえのもの。

ああ、白地に黒の文字のすがたでは
歌は何と悲しげに私を見つめることか。
おまえの口が歌えば神々しい世界が開け

腸《はらわた》を断つべきものを(二二)。

かつて私はお前が弾くピアノの傍らに立ったものだが、そのピアノでこれらの詩を弾き語りしておくれ、そのとき文字は、なるたけまじまじとは見つめず、眺めるにとどめておいておくれ、詩に盛られた痛切な感情が死んでしまうから、というのである。

ロマン派の詩人、アイヘンドルフは、文学が、声及び身体表現で伝えられていた昔を称え、その伝統を破壊した書籍印刷術を呪う。

［文学を、声の原理に拠った韻文から、書き言葉の原理に拠った］散文へ、とうとう押しやってしまった最後の小さからぬ力となったのは、書籍印刷術の発明であった。生きた言葉に文字が取って代わり、身振り手振りを交えてくれる生身の朗誦者に、孤独な読者が取って代わってしまったのだ。印刷された本は、精神にとって、総じて、ミイラ的な、じっと動かぬ、片が付いてしまったもの、いつでもそこにぬくぬくと休らうことのできるもの、という性格を有している［……］(二三)。

書籍というメディアがこわした、声による文学の伝統は、現代のドイツにおいて、ＣＤという新しいメディアの普及によって、息を吹き返した。店には、日本では想像もできないほど朗読ＣＤがあふれている。こうしたドイツ的な文学の享受法を、添付した録音で体験していただければと願う。ドイツ語の心得が無いかたにも、全部は到底分から

ずとも是非ＣＤをかけていただきたい。録音を味わっていただく方法はふたつある。ひとつは、とりわけひとつひとつが短い俳句や短歌について、辞書を引く労を惜しまないでいただき、ドイツ語として部分的にしか理解できずとも、個々の語を把握した上で、聴いていただく方法。二つ目は、日本語訳に目を通した上で、（ゲーテが求めたとおり）その文字にはなるべく目を落とさず、（アイヘンドルフが懐かしんだ昔のように）直接朗読者の声に向き合い、聴覚でなにがしかを感じ取ってくださる方法。

　さきほど述べたクリングも、ＣＤを「焼きこんだパフォーマンス」[二四]と呼びつつ、詩集に朗読ＣＤを添えたり、音楽家イエルク・リッツェンホフとＣＤを[二五]共同制作したりし、また画家・写真家のウーテ・ランガンキーと何冊かの本を一緒に作っている。バイアーも写真家ジャクリン・メルツと共同作業を行っている。オスカー・パスティオーアが近年、（シューベルトの歌曲集「冬の旅」に歌詞を提供した）ヴィルヘルム・ミュラーの詩と、ボードレールの詩とをそれぞれもととして、テクスト相関性（インターテクスチュアリティ）の遊びの限りを尽くしてつくった二冊の詩集[二六]も、読者が添付の自作朗読ＣＤを聴くことを前提としている。ドイツ語圏の最も力のある詩人たちは、このように文字の範疇を超えて表現活動をしているのであるが、本書のＣＤがその一端を伝えられれば、と願う。

（一）　Jahrbuch der Lyrik 1998/99. Hg. Christoph Buchwald und Marcel Beyer. München 1998, S. 136.

（二）　Heiner Müller: Ende der Handschrift. Gedichte. Ausgewählt und mit einem Nachwort versehen von Durs Grünbein. Frankfurt a. M. 2000.

（三）　以上 Durs Grünbein: Kurzer Bericht an eine Akademie. In: ders.: Warum schriftlos leben. Aufsätze. Frankfurt a. M. 2003, S. 9–13; Peter-Huchel-Preis 1995. Durs Grünbein. Baden-Baden/Zürich 1998, S. 79 f. を参照。

（四）Gustav Seibt：Das Neue kommt über Nacht. In：Frankfurter Allgemeine Zeitung, 15.03.1994, zit. n. Peter-Huchel-Preis 1995, a.a.O., S. 92.

（五）Grünbein：Kurzer Bericht an eine Akademie, a. a. O., S. 11f.

（六）Durs Grünbein：Das erste Jahr. Berliner Aufzeichnungen. Frankfurt a. M. 2001.

（七）Aischylos：Die Perser. Wiedergegeben von Durs Grünbein. Frankfurt a. M. 2001.

（八）Aischylos：Sieben gegen Theben. Wiedergegeben von Durs Grünbein. Frankfurt a. M. 2003.

（九）Seneca：Thyestes. Deutsch von Durs Grünbein. Frankfurt a. M./ Leizpig 2002.

（一〇）Durs Grünbein：UNA STORIA VERA. Ein Kinderalbum in Versen. Frankfurt a. M./ Leizpig 2002.

（一一）Durs Grünbein：Vom Schnee oder Descartes in Deutschland. Frankfurt a. M. 2003.

（一二）Sprachspeicher. 200 Gedichte auf deutsch von achten bis zum zwanzigsten Jahrhundert eingelagert und moderiert von Thomas Kling. Köln 2001.

（一三）Vgl. Grünbein：Das erste Jahr, a. a. O., S. 54.

（一四）Jan Assmann：Das kulturelle Gedächtnis. Schrift, Erinnerung und politische Identität in frühen Hochkulturen. 3. Aufl. München 2000；Aleida Assmann：Erinnerungsräume. Formen und Wandlungen des kulturellen Gedächtnisses. München 1999, 前者はS. 60-63、後者はS. 33-38, S. 404-407を特に参照。グリューンバインにおける記憶とごみとの関係については以下をも参照。Keiji Fujii：Anatomie und Gedächtnis. Über Durs Grünbeins Gedichtzyklus „Niemands Land Stimmen". In：Doitsu bungaku. Heft 106 (2001), S. 93-100, hier S. 96.

（一五）Marcel Beyer：Spione. Köln 2000.

（一六）Grünbein：Kurzer Bericht an eine Akademie, a. a. O., S. 10.

（一七）Durs Grünbein：Europa nach dem letzten Regen. In：ders.：Nach den Satiren. Frankfurt a. M. 1999, S. 143-153.

（一八）Durs Grünbein im Gespräch mit Heinz-Norbert Jocks. Köln 2001, S. 9f.

（一九）日本語版は、静岡の文化会館「グランシップ」の情報誌「G《ジー》」第五号（一九九九年）一七―二二ページ「一九九九年しず

おか連詩の会 ――『闇にひそむ光』の巻――」に掲載。ドイツ語版は本として出版。Uli Becker, Durs Grünbein, Makoto Ooka, Junko Takahashi und Shuntarō Tanikawa : Licht verborgen im Dunkel. Ein Renshi-Kettengedicht. Hannover 2000.

(二〇) Durs Grünbein im Gespräch, a. a. O., S. 71.

(二一) Durs Grünbein im Gespräch, a. a. O., S. 31.

(二二) Goethe's neue Schriften. Bd. 7. Berlin 1800, S. 8. この詩の解釈については拙論を参照。Yuji Nawata : Bild per Schrift/ Bild per Bild. Bildlichkeit in der deutschen und japanischen Literatur vor der Epoche technischer Medien. In : Zeitschrift für Germanistik. Neue Folge 3 (2003), S. 573-589, hier S. 577-579.

(二三) Joseph von Eichendorff : Werke in sechs Bänden. Hg. Wolfgang Frühwald u. a. Bd. 6. Frankfurt a. M. 1990, S. 892.

(二四) Vgl. Thomas Kling : CD. Die gebrannte Performance. In : ders. : Botenstoffe. Köln 2001, S. 102f.

(二五) Thomas Kling/ Jörg Ritzenhoff : TIROLTYROL. CD. Bielefeld 2001.

(二六) Oskar Pastior : Gimpelschneise in die Winterreise-Texte von Wilhelm Müller. Weil am Rhein/ Basel 1997 ; ders. : o du roher iasmin. 43 intonationen zu "Harmonie du soir" von charles baudelaire. Weil am Rhein/ Basel/ Wien 2002.

謝辞

翻訳・原文転載を許可してくださったズーアカンプ社、東京ドイツ文化センター、日本独文学会編集委員会に感謝する。一九九九年一〇月二五日、中央大学に作者をお迎えして朗読会を開き、「尊き御霊に」その他を朗読していただき、学生や教員との議論に応じていただいたのは、私にとり大きな喜びであった。来校を機として成った、中央大学を舞台とした俳句が、九九年の「日本紀行」に収められたのも、嬉しいことである。このような経緯からして、この本及びＣＤが中央大学出版部から出るのは誠にふさわしいことであるが、「中央大学学術図書出版助成」を交付し出版を実現して下さった中央大学に、感謝する。出版部の担当者、平山勝基さんは、グリューンバイン氏と私の造本上の考えを実現すべく御尽力くださった。御礼申し上げる。今述べた朗読会も、また、ＣＤに収めた録音も、東京ドイツ文化センターの当時の教育広報部長、ユルゲン・レンツコ氏の協力があってこそ実現された。レンツコ氏はまた、九九年の「日本紀行」を東京ドイツ文化センターのウェッブサイトのために訳すことを提案して下さり、本書の翻訳の一部が成るきっかけを与えて下さった。レンツコ氏に深く謝する。

二〇〇三年の夏には、「ベルリン文学館（Literarisches Colloquium Berlin）」で行われた国際翻訳家アカデミーに参加することを許され、ベルリン郊外のヴァン湖に臨む古めかしい館《やかた》に一週間泊り込んできた。このアカデミーでは、さまざまな作家、批評家、編集者と懇談したが、グリューンバイン氏にお目にかかり、この訳書について相談する機会もつくっていただけた。私の感謝は、ベルリン文学館にも宛てられている。

そして誰よりも、私の質問に懇切に答え、吹き込みを快諾してくださった作者グリューンバイン氏に心からのお礼を申し上げたい。「眼鏡に落ちた雨粒」の結尾に、詩一篇を加え、私に献じて下さったことを、光栄に思う。私の身に過ぎたことだが、これについても篤く謝意を表する。

縄田雄二